Roswitha Quadflieg · Der Glückliche

Roswitha Quadflieg

Der Glückliche

Roman zu zehn Stimmen

Stroemfeld

Bibliografische Information Der Deutschen Nationalbibliothek
Die Deutsche Nationalbibliothek verzeichnet diese Publikation
in der Deutschen Nationalbibliografie; detaillierte bibliografische
Daten sind im Internet über http://dnb.ddb.de abrufbar.

ISBN 978-3-86600-049-0

Gedruckt auf säurefreiem, alterungsbeständigem Papier
entsprechend ISO 9706.
Printed in the Federal Republic of Germany.

Bitte fordern Sie unsere kostenlose Programminformation an:
Stroemfeld Verlag
D-60322 Frankfurt am Main, Holzhausenstraße 4
CH-4054 Basel, Altkircherstrasse 17
e-mail: info@stroemfeld.de
www.stroemfeld.com

Gewidmet ist dieses Buch Eberhard Fellmer (+ 2007), Rechtsanwalt in Hamburg und Lübeck, der sich bis in seine letzten Tage unermüdlich für Wiedergutmachung an Opfern des Nazi-Regimes eingesetzt hat. Er machte mich auf diese Biographie aufmerksam, begleitete meine Recherche und stand mir nicht nur als Zeitzeuge sondern auch bei der Beantwortung juristischer Fragen zur Seite – wenngleich meine »Auslegung« dieser Biographie letztlich eine andere war, als er sie sich erhofft hatte.

Mein Dank gilt der Tochter und dem Sohn Dr. L. W. s, deren richtige Namen auch an dieser Stelle nicht genannt sein sollen, weil alle Namen (wie auch einige Daten) im Buch geändert wurden. Ohne ihre Auskünfte hätte ich mir kein Bild machen können, ohne ihre Vollmachten keine Einsicht in die Akten nehmen dürfen.

Außerdem danke ich Prof. Dr. Gerd Jungkunz, ärztlicher Direktor der Klinik für Psychiatrie, Psychotherapie und Psychosomatische Medizin Lohr am Main für die Unterstützung meiner Recherche und die Einsicht in ein bisher nur in Teilen veröffentlichtes Manuskript *Die »Heil- und Pflegeanstalt« Lohr im Dritten Reich*.

Folgende Ämter, Archive und Einrichtungen gaben mir Auskunft oder stellten Material zur Verfügung: Amtsgericht Speyer, Archiv der Klinik für Psychiatrie, Psychotherapie und Psychosomatische Medizin Lohr am Main, Bayerisches Hauptstaatsarchiv München, Bundesarchiv Berlin, Kassenärztliche Vereinigung Berlin, Landesarchiv Speyer, Staatsarchiv Nürnberg, Staatsarchiv Würzburg, Stadtarchiv Nürnberg, Stadtarchiv Speyer.

Roswitha Quadflieg, Juni 2009

In einem bescheidenen Winkel dahinträumen zu können,
ohne beständig Ansprüche erfüllen zu müssen, ist bestimmt
kein Martyrium.

Robert Walser

M Frieden, ja nehme ich an, eine Art Frieden, und alle
Qual wie ... nie gewesen.
M All dies, wann wird all dies nichts anderes gewesen sein
als ... Spiel.
F2 Hörst du mir zu? Hört irgendjemand mir zu? Sieht
irgendjemand mich an? Kümmert sich überhaupt irgend-
jemand um mich?

Aus Samuel Becketts *Spiel*

Es kommen zu Wort:

Sieben Verwandte

Schwester	Hanna
Ehefrau	Cordula
Tochter	Gesche
Sohn	Lorenz
Schwiegertochter	Charlotte, Frau von Lorenz
Nichte	Rose, Tochter der Schwester von Cordula
Enkel	Sohn von Gesche

Außerdem
Rechtsanwalt
Arzt

Insasse	Ulrich Weiss

Zitate aus Akten und Briefen, sowie persönliche
Aufzeichnungen des Dr. L. W. in *kursiv*

I

IN DEN ALPEN ABGESTÜRZT.
Innsbruck. Der aus Alzenau stammende Arzt Dr. Leopold Wagner (71) stürzte am Samstag bei einer Wanderung von Neustift nach Bärenbad im Stubaital in felsigem Gelände tödlich ab. dpa 5.8.1959

SCHWESTER Es war ein Unfall! Viel mehr kann ich dazu eigentlich nicht sagen. Verursacht durch die Verkettung widriger Umstände. Wie das bei Unfällen so zu sein pflegt. Dort, wo mein Bruder in die Schlucht stürzte, verengt sich der ohnehin schmale Weg, rechter Hand ragt der Fels hoch wie eine Wand, zur Linken kann man den hohen Bäumen, die aus der Schlucht emporwachsen, in die Wipfel sehen, der Boden war nach heftigen Gewittern aufgeweicht, er trug schlechtes Schuhwerk. Um auszutreten hatte ich mich ein paar Schritte von ihm entfernt. Und in dem Augenblick … Mir war, als gleite hinter meinem Rücken ein großer Schatten vorbei – sein grauer Mantel mag sich beim Sturz aufgebläht haben wie ein Fallschirm – und gleich darauf war von unten her ein eigenartiges Geräusch zu vernehmen, hart und weich zugleich, das sein Körper verursachte, als er im Unterholz aufschlug. Sonst nichts, kein Schrei. Absolute Stille. Es kam mir so vor, als hätten die Vögel ihr Singen eingestellt, und da stand ich, mutterseelenallein, auf diesem schmalen Weg im Stubaital und wusste, mein Bruder Leopold Wagner ist tot. Solch einen Sturz überlebt man nicht. Das Gelände fällt hier über dreißig Meter ab. Zwei Latten des ohnehin viel zu niedrigen Schutzzauns waren herausgebrochen.

Wie ich ins Gasthaus zurückgelangt bin, weiß ich nicht mehr. Jedoch war ich damals eine noch rüstige Frau und kannte mich aus. Ich wanderte oft in diesem Tal.

TOCHTER Es gibt nicht den geringsten Zweifel, sie hat ihn geschubst! Tante Hanna hat ihren Bruder, meinen Vater, Dr. Leopold Wagner, am 3. August 1959, drei Tage nach seiner Entlassung aus der Heil- und Pflegeanstalt Lohr, während einer Bergwanderung in die Schlucht gestoßen. Daran beißt keine Maus einen Faden ab, da helfen weder Haube noch Schwesterntracht. Sie ist eine böse Frau!

SOHN Niemals! Wer so etwas behauptet gehörte bestraft. Meine Schwester Gesche war schon als Kind gemein und verlogen, und bis heute verlassen nichts als Dreck und Lügen ihren Mund den lieben langen Tag!

TODESBESCHEINIGUNG:
Dr. med. Leopold Wagner, verheiratet, Arzt. Geboren, 28. Jänner 1888 in Alzenau, Unterfranken, Deutschland, altkatholisch, gewöhnlicher Wohnort: Heil- und Pflegeanstalt Lohr, Deutschland, Sterbeort: Neustift-Stubai, Tirol.
   Leiden, welche den Tod verursachten: Schädelfraktur, Hirnblutung. Andere wesentliche Leiden: Schizophrenie.
   Neustift, am 3. August 1959.
   Der Leichenbeschauer Dr. H. S.

TOCHTER Eine saubere Sache, sorgfältig geplant. Wanderung nur zu zweit, Gelände vertraut, kein Zeuge weit und breit. Ein leichter Stoß – Schluss, aus und vorbei. Und auch wenn mein Bruder Lorenz es nicht wahrhaben will, das war Hanna Wagners Stunde. Die lang ersehnte Machtübernahme einer herrschsüchtigen Seele und Wiedergutmachung vor ihrem geliebten Führer. Dem hatte sie – treues Mitglied der NSDAP und von Julius Streicher persönlich als Oberin der NS-Schwesternschaft Gau Franken ausgezeichnet – nämlich erheblich ins böse Handwerk gepfuscht, insofern sie viele Jahre als Schutzengel ihres Bruders aufgetreten war.

In Lohr wurde sterilisiert, aus Lohr wurde deportiert, Leopold Wagner jedoch kein Haar gekrümmt. Nach dem Krieg – nach ihrer Entlassung aus dem Camp bei Paderborn – besuchte sie ihn von ihrem mühsam zurückeroberten Alzenauer Elternhaus aus, schickte Päckchen und Briefe. Welch treue Seele! Als jedoch im Sommer 1959 ein neues Zeitalter anzubrechen drohte – wer hätte denn nach über zwanzig Jahren noch mit seiner Entlassung gerechnet? – war beherztes Handeln gefragt. Weder sie noch Mutter wollte ihn zurück haben.

In Alzenau weiß jede Sau, dass Hanna Wagner nie von der Naziideologie abrückte. Ich bin überzeugt, dass sie ihre Parteibücher und Urkunden noch heute unter blütenreiner Wäsche aufbewahrt.

EHEFRAU Auf die Idee, dass meine Schwägerin Hanna ihn gestoßen haben könnte, bin ich bisher nicht gekommen. Obwohl ich schon etliche Jahre mit ihr verfeindet bin. Skrupellos beeinflusste sie die labile Seele meines Sohnes Lorenz, hetzte ihn gegen mich auf, vergiftete die Atmosphäre innerhalb der Familie, bis es eines Tages zum Eklat kam. Von sich aus hätte mich mein Junge nie geschlagen. Von Anfang an war er ein ängstliches, sehr gehemmtes Kind. Hanna war der Auffassung, ich hätte meinen Mann betrogen, sein gesamtes Vermögen verschleudert und meine fünf Kinder um ihr Erbe gebracht. Die hat überhaupt keine Ahnung, die missgünstige alte Jungfer!

Ich meine, es war so: Er sprang. Die Szene im Stubaital – exzentrisch in jeder Beziehung, wie Leopold nun einmal war – ein Finale ganz nach seiner Art. Wahrscheinlich sah er für sich keine Zukunft mehr. Sein Erbe war verzehrt, nach mehr als zwanzig Jahren die Rückkehr in seinen Beruf undenkbar, die Tür zu seinem Elternhaus versperrt. Nicht einen Tag hätte Hanna ihn bei sich geduldet.

Auch ich nicht! Um keinen Preis der Welt hätte ich ihn wieder unter mein Dach genommen, geschweige denn in mein Bett. Ich war Mitte fünfzig, hatte mir ein Leben ohne ihn eingerichtet, mich emanzipiert – zwei unbeschreibliche Jahrzehnte, Krieg und Nachkriegszeit, lagen hinter mir. Dass ich meinen Mann immer noch liebte, steht auf einem anderen Blatt … Dazu möchte ich mich hier allerdings nicht äußern. Liebe und auch Mitleid mit Leopold Wagner gehören in eine andere Zeit, und in der lebten wir schon 1959 nicht mehr. Aus mir, Cordula Wagner, geborene Rischel, war eine völlig andere Frau geworden, als die, deren Mann 1938 ins Irrenhaus gekommen war.

SOHN Völlig absurd. Vater hatte andere Pläne! Ich bin mir ganz sicher, dass er nie vorhatte, nach seiner Entlassung aus Lohr zu seiner Ehefrau nach Hamburg zu ziehen. Bereits im Sommer 1957 hatte er den letzten seiner insgesamt vier Vormünder ersucht, in seinem Namen Kontakt zur russischen Botschaft in Bonn aufzunehmen und alles für eine sofortige Übersiedlung vorzubereiten – für den Fall, dass er entlassen werde. Sein Drängen auf Scheidung ist seit 1936 aktenkundig! Er verachtete Mutter. Und hatte gute Gründe dafür. Schon damals betrog sie ihren Mann. 1959 stand ein Freitod für ihn nicht mehr zur Debatte. Er hatte doch einundzwanzig Jahre Lohr überlebt! Er wollte seinen Beruf, seine Ehre, sein Ansehen zurück – und seine Freiheit genießen. Gleichwohl er inzwischen einundsiebzig Jahre alt war. Leider war ihm nichts von alledem mehr vergönnt. In einer Sekunde mangelnder Aufmerksamkeit verlor er den Halt – und stürzte ab. In eine Schlucht im Stubaital. Denkbar ist, dass ihn Hannas Aufklärung, was seine finanzielle Lage betraf, seelisch äußerst erregte. Entgegen seinen Vorstellungen war nämlich auch sein elterliches Erbe längst verbraucht, und das hieß seine zukünftige Versorgung völlig unklar. Sich jedoch die Frage zu stellen, ob diese Wanderung ideal für Erörterungen dieser Art war, ist absurd und führt zu gar nichts. Die Folgen waren in keiner Weise abzusehen – und im Rückblick ist es leicht, den Schlaumeier zu spielen. Hanna war ihrem Bruder gut und hat nach bestem Wissen und Gewissen stets nur das Beste für ihn getan. Irgendwann musste er der Wirklichkeit ins Auge sehen. Ich lege beide Hände für sie ins Feuer!

NICHTE Mein Onkel, Dr. Leopold Wagner, geboren in Alzenau, viele Jahre Stadtarzt von Speyer – leider auch Lebemann, Angeber und Draufgänger – passte in keiner Weise in unsere Familie. Was meine Tante Cordula sich mit dem aufgehalst hat! Heute würde so einer unzweifelhaft wegen »Vergewaltigung in der Ehe« bestraft. Nur wenige Tage nach der Hochzeit soll er das Ehebett zersägt und seinen Schwiegereltern – meinen Großeltern – in Hamburg ein Beschwerdetelegramm geschickt haben, wegen der frigiden Katze, die sie ihm da im feinen Sack untergejubelt hatten. Pech für ihn, dass meine Tante, was Sex anbelangt offenbar eine Null war. Aber bei Gewalt und Unersättlichkeit hört der Spaß auf! »Cordula, ich geh schon mal vor und wärm das Bett!« wurde in unserer Familie zum geflügelten Wort, wenn einer dem anderen drohen wollte. Fünf Kinder zu zeugen ist kein Liebesbeweis.

Ich selbst kannte ihn zwar nur flüchtig, betrachte es aber, wenn ich ehrlich sein soll und nach allem, was ich über ihn gehört habe, noch heute als Glück, dass er Ende 1938 in die Anstalt kam. Glück vor allem für seine drei Töchter, meine Cousinen. Wer weiß, was er sonst auch noch mit denen … Sein plötzlicher Tod in den Tiroler Bergen im Spätsommer 1959 – offenbar drei Tage nach seiner alle überraschenden Entlassung aus Lohr – war natürlich tragisch. Aber nicht nur. Man könnte diesen Sturz auch als gnädiges Schicksal ansehen. Falls seine Schwester Hanna etwas nachgeholfen hat, tut das nichts zur Sache. Manchmal braucht das Schicksal solche Geburtshelfer. Kurzum, es war das Beste für alle – auch für ihn.

Lohr, Haus 9, den 11. Juli 1959
Liebe Hanna! Anbei zu Deiner Kenntnisnahme ein Zeitungsausschnitt: »Todbringende Halbschuh-Touristik. Der tödliche Bergunfall einer 54 Jahre alten Touristin aus Berlin wird von der Klagenfurter Bergrettung als ein weiteres Beispiel für ›leichtsinnige Halbschuh-Touristen‹ genannt. Obwohl die Frau von den Einheimischen gewarnt wurde, lehnte sie die Begleitung eines Bergführers ab und war auch nicht dazu zu bewegen, Bergschuhe oder warme Kleidung anzulegen.« Wenn wir auch nur den Habicht ersteigen wollen, musst Du dafür ausgerüstet sein. Hochgebirge ist gefährlich. Auf Wiedersehen! Leopold.

RECHTSANWALT Im Auftrag des zweiten Sohnes und Alleinerben Lorenz – die anderen Geschwister schlugen das Erbe aus – beschäftigt mich der Fall Dr. Leopold Wagner schon geraume Zeit. Ich kenne also sämtliche Details und bleibe – trotz des großen zeitlichen Abstands von den Geschehnissen selbst, wie inzwischen auch von meinen Bemühungen in der Sache, Ansprüche des Erben gerichtlich geltend zu machen – dabei, dass das Gutachten, welches den Ausschlag für Wagners Einlieferung in die Heil- und Pflegeanstalt Lohr am 2. Dezember 1938 gab, der Coup eines ihm wohlgesonnenen Kollegen war. Das allein bewahrte ihn vor dem KZ!

Vergegenwärtigen wir uns den Herbst 1938 in diesem Land: 9. November Kristallnacht, *Heimtückegesetz* bereits seit 1934 in Kraft. Jeder öffentliche Piep gegen Führer, Volk und Vaterland konnte als Straftat geahndet werden. Deutschland ein Hexenkessel, ein Pulverfass! Und unser Mann wirft in seinem damaligen Aschaffenburger Domizil zwei Steuerfahndern den schönen Satz »Adolf Hitler und das Finanzamt können mich am Arsch lecken!« an den Kopf. Ein selbstverhängtes Todesurteil! Und auch wenn sich das gut gemeinte Kollegen-Engagement letztlich als Flop erwies, insofern es einen mehr als zwanzigjährigen Aufenthalt in einer Anstalt heraufbeschwor, hat es Leopold Wagner doch vor der Vollstreckung dieses Urteils bewahrt! Äußerst tragisch, dass er dann unmittelbar nach seiner doch noch erwirkten Entlassung in den Bergen zu Tode kam. Allerdings will mir in diesem Zusammenhang ein Sprichwort nicht mehr aus dem Kopf »Wen Gott liebt, den züchtigt er«. Ist das so?

13. Oktober 1938, Aschaffenburg
Staatliches Gesundheitsamt. An die Ge-Sta-Po Aschaffenburg. Betreff: Dr. Leopold Wagner
AMTSÄRZTLICHES GUTACHTEN
Die Untersuchung stellt fest, dass der Untersuchte körperlich vollkommen gesund ist, auch die Reflexe sind in Ordnung. Urin konnte nicht gelassen werden ... Geistig besteht bei dem Untersuchten ein systematischer Wahn, der Bischof

von Speyer habe Hitler veranlasst, bei der Curie in Rom das Versprechen abzugeben, ihn, den Dr. Wagner mit allen Mitteln zu verfolgen, zu schikanieren und überall unmöglich zu machen. Die Größenwahnideen mit Verfolgungswahnideen und Beeinträchtigungsideen haben bei dem Untersuchten ein systematisches Wahngebilde entstehen lassen. Demnach ist der Untersuchte geisteskrank, er leidet an sog. Querulantenwahn. Bei seiner radikalen geistigen Einstellung ist er als gemeingefährlicher Geisteskranker zu betrachten und deshalb seine Aufnahme in die Heil- und Pflegeanstalt notwendig.

Gez. Dr. P., Landgerichtsarzt.

SOHN Wieso eigentlich an die Gestapo? Was hatte Vater denn mit der Gestapo zu tun?

ARZT Anfang 1957, etwa zweieinhalb Jahre vor der Entlassung unseres langjährigen Patienten Leopold Wagner, übernahm ich die Leitung der Heil- und Pflegeanstalt Lohr. Er war einer meiner damals etwa einhundertzwanzig Patienten, trotzdem erinnere ich mich ziemlich genau an ihn. Irgendwie unverwechselbar, nicht dumm, selbst Arzt, Humor. Spezialgebiet: Spitznamen. Kein Kollege, Pfleger oder Insasse war sicher vor seinen Anspielungen. Unsere täglichen Unterhaltungen könnte man als durchaus amüsant bezeichnen. Er suchte Betätigung, lernte Russisch, übte Klarinette, spielte Karten und Schach und entging auf die Weise geschickt geistiger Verödung. Außerdem verstand er es, seine einstigen Verdienste hochzuhalten und bewahrte sich so ein beachtliches Maß an Selbstwertgefühl. Eine Art Status. Leider gekoppelt mit penetrantem Herumreiten auf alten Kamellen, was jegliche Entwicklung kappte und neue Wahrnehmungen oder Sichtweisen ausschloss. So fror auch seine politische Haltung in ständiger Bezugnahme auf das Dritte Reich fest.

Er konnte auch laut werden, um nicht zu sagen aggressiv. In seiner *Krankheitsgeschichte* – vor allem während seiner ersten Lohrer Monate penibel und weitschweifig geführt – ist ein Geständnis protokolliert, seine Frau in Gegenwart der Kinder geschlagen zu haben. Abgelegt offenbar ohne jede Reue als *natürlichste Sache der Welt.*

Er war beliebt. Jedenfalls in den zwei Jahren seines Aufenthalts, die ich überblicke. Sein zeitweiliger Zimmergenosse Ulrich, ein um fast dreißig Jahre jüngerer ehemaliger Schreinergeselle, hing geradezu an ihm. Ein äußerst skurriler Vogel. Noch sieben Jahre nach dem Tod des Kumpanen, also noch bis in die Zeit hinein, in der ich Lohr verließ, trauerte er um ihn.

Wobei ich sagen muss, dass auch mir Wagners unerwartetes Ableben in den Tiroler Bergen im August 1959 – kurz nach Aufhebung seines *Verwahrungsbeschlusses* – ziemlich an die Nieren gegangen war. Noch geraume Zeit habe ich mir die Frage gestellt, ob wir alle, auch seine Schwester Hanna Wagner, nicht ein klein wenig Mitschuld daran trugen. Ganz offensichtlich vergaßen wir, welch eine Faszination, welch ein Sog von Abgründen ausgeht, insbesondere wohl für den, dessen Wahrnehmung mehr als zwei Jahrzehnte auf ein Minimum reduziert war. Für Wagner jedenfalls muss dieser Blick in die Schlucht im wahrsten Sinne des Wortes umwerfend gewesen sein.

Ich selbst war zwar verhindert, aber wenn ich mich recht entsinne, haben neun Pfleger unserer Einrichtung an der Beisetzung in seinem Geburtsort Alzenau teilgenommen. Im Lauf der Jahre waren alle eine große Familie geworden. Wobei selbstverständlich auch in Lohr – wie in allen anderen so genannten Heilanstalten Deutschlands – nach

Kriegsende zunächst kräftig »aufgeräumt« worden war, und sich wirklich neue Therapien zur Behandlung Schizophrener äußerst schleppend durchsetzten. Psychopharmaka kamen ja erst zu meiner Zeit, also ab Mitte der fünfziger Jahre auf. Erst dann gab es für Patienten wie Leopold Wagner eine Chance für einen Neuanfang. Draußen. Trotz nach wie vor bestehender Krankheit. Mit etwas Chemie in unseren weißen Kitteltaschen wurden wir Ärzte zu Göttern. Unheilbar eingestufte Krankheiten manipulierbar. Heute ist das Schnee von gestern. Heute käme einer wie Leopold Wagner nach vier Wochen wieder raus.

Lohr, den 26. 4. 1959
An die Direktion der Heil- und Pflegeanstalt.
Unterzeichneter beantragt die Ablösung des Pflegers P. von Haus 9. Er hat mir zu Hitlers Zeiten, als ich vor dem Waschbecken stand, ohne jeden Anlass mit der Faust in den Rücken geschlagen. Er verdient nicht den Namen Pfleger, sondern Hexenbrennerprofitbüttel und ist ein vielfaches Ungeheuer, kein Mensch! Abschrift an meinen Vormund Herrn Rechtsanwalt R., Aschaffenburg.
Zur gefl. Kenntnisnahme, Wagner

INSASSE Darf ich vorstellen: Ulrich Weiss, Insasse und bester Kamerad. Wir kommen zu zweit. Wenngleich mein Kamerad schon fünfundzwanzig Jahre tot ist. Drei Tage nach seiner Entlassung kopfüber zwischen die Wipfel gesegelt und dann hart aufgeschlagen, die arme Sau. Und seine Schwester Hanna hat zugeschaut. Die alte Nazisse. Ich sehe ihr gütiges Lächeln. Ich kenne sie. Genau.

Einundzwanzig Jahre hockten wir zusammen im Narrenhaus. Unserer kleinen Insel im Weltmeer. Das schweißt zusammen, über den Tod hinaus. Damals eine schöne Anlage, etwa ein Dutzend Gebäude mit Kirche, Landwirtschaft, Milchwirtschaft, Handwerksbetrieben. Apfelanbau, Seidenraupenzucht – und Rehen. Hoch eingezäunt. Er, ein Studierter, Gebildeter, ein Arzt, und ich, ein Schreinergeselle, Vollwaise, dreißig Jahre jünger als er. Zuletzt im »Einzelzimmer«, Haus 5, erster Stock. Wir! Ein gutes Gespann, eine schöne Ergänzung, fast ein ideales Paar. Wir hatten keine Ahnung, wie lange das Theater dauern würde und viel Glück – im Unglück! Viel Segen. Niemand schickte uns nach Stalingrad oder Monte Cassino – und niemand ins Gas. Und keiner fasste uns an den Schniedel. Meinem Kameraden nicht, weil er selber Arzt war, und Hanna ihre allmächtigen Hände über ihn hielt – ein Schutzengel mit strammen Waden. Die hätte dem Stoeckle oder dem Papst gleich in die Eier, wenn einer ihrem Bruder an die Eier... Ach, unsere kackbraunen Chefärzte! Dem Pius Papst – ja, der hieß wirklich so – gab Leo den Namen *Saurüssel*. Mich ließen sie laufen, weil ich ... davon später.

Seht ihr ihn, er steht direkt hinter mir, hört und spricht mir zu. Natürlich nicht. Nie können andere sehen, was wir Verrückten sehen. Als sie ihn im Dezember 1938 in Lohr einlieferten, trug er einen voll bepackten Rucksack auf dem Buckel, war ja gerade auf dem Weg nach Moskau –

Sohn Sein Rucksack, genau! Nach dem wollte ich schon immer fragen. Wo ist er abgeblieben? Dem Vormund ausgehändigt worden? Ein Kapitel für sich, die Vormünder meines Vaters. Vier insgesamt wurden es im Lauf von einundzwanzig Jahren. Mit den beiden ersten hatte Mutter intimen Kontakt, das kann ich beweisen!

Insasse Und über tausend Reichsmark, bar in der Tasche!

Sohn Unsinn! Woher sollte Vater damals denn noch so viel Geld haben? Er verdiente doch schon seit Ende 1933 keinen Pfennig mehr, nachdem er wegen angeblicher Beleidigung eines Speyerer Nazi-Beamten in *Schutzhaft* genommen und unehrenhaft aus dem Beamtenverhältnis entlassen worden war!

Insasse Seinen Mannheimer Safeschlüssel hatte er zwar listig unter seiner Schuhsohle versteckt, aber die Pfleger –

Sohn Dieser Mensch ist unerträglich!

Schwiegertochter Erst in der letzten Zeit ist mein Mann endlich etwas ruhiger geworden, und ich frage mich, ob es wirklich gut für ihn ist, wenn er sich jetzt noch einmal äußert. Das wühlt alles nur wieder auf! Er ist sehr sensibel, und irgendwann, meine ich, muss auch mal Schluss sein. Ich stamme aus einer Flüchtlingsfamilie, da gäbe es auch viel zu beklagen – vielleicht auch anzuklagen. Aber wozu? Das Leben geht weiter und hat auch gute Seiten. Niemand sollte sich einbilden, am schlechtesten behandelt worden zu sein. Zum Beispiel bekamen wir drei Töchter, haben jetzt zwei Enkel –

Tochter Eine milde Charlotte, sieh einer an! Jahrzehntelang nichts als Gift und Galle und jetzt … Und dabei hatte auch sie es lediglich auf die Kohle abgesehen! Nur deretwegen riss Lorenz die Alleinerbschaft an sich und schickte alle anderen Geschwister in die Wüste. Nicht er allein hat unsere arme Mutter auf dem Gewissen. Und dafür wird sich dieses rechtschaffene Ehepaar eines Tages ganz oben verantworten müssen. Ich glaube an die Gerechtigkeit des Herrn!

SOHN Charlotte war stets auf meiner Seite und unterstützte von Anfang an meine Nachforschungen. Kein einziges Mal hat sie mir Vorwürfe gemacht oder Zweifel geäußert. Auch ihr liegt sehr daran, dass »Der Fall Dr. Leopold Wagner« endlich ans Licht kommt. Dass endlich die wahren Teufel der Familie –

SCHWIEGERTOCHTER Noch bis vor kurzem sprach mein Mann fast jeden wegen des verpfuschten Lebens seines Vaters an. Selbst Handwerker, die zu uns ins Haus kamen, mussten sich Details anhören. Er war wie fixiert! So manches Mal war ich am Ende, schloss mich in mein Zimmer ein, hielt mir die Ohren zu. Obwohl ich meinen Schwiegervater noch persönlich kennengelernt und so etwas wie eine Beziehung zu ihm aufgebaut hatte. Ein ruhiger, besonnener Mann. Gleich nach unserer Verlobung hatten wir ihn in Lohr besucht, und zu unserer Hochzeit im April 1957 schickte er uns ein Zitat aus dem *Faust: »Kennte der Jüngling die Welt genau, Im ersten Jahre schon würde er grau«.* Mir erteilte er schriftlich den Befehl, ihm mindestens sechs Enkel zu präsentieren – *drei Bezipfelte und drei Geritzte.* Zugegeben, er hatte einen etwas seltsamen Humor. Und wir haben auch nur drei Geritzte geschafft. Unterschrieben waren seine Zeilen übrigens oft mit *tvoj otjez* –

SOHN Das heißt *Dein Vater* auf Russisch. Vater lernte ja Russisch in Lohr. Nach der Toussaint-Langenscheidt Methode. Das Zertifikat kann ich jedem zum Beweis vorlegen.

INSASSE Leo und ich sammelten Briefmarken! Der Händler, mit dem wir schriftlich verkehrten, soll Augen gemacht haben, als ihm die Anstaltsleitung eines Tages eröffnete, dass die Herren Wagner und Weiss gar nicht geschäftsfähig seien, weil Insassen der Heil- und Pflegeanstalt Lohr. Ha, ha! Und dabei sah mein Kamerad auf Grund seiner außergewöhnlichen Intelligenz und eines sensationellen Kombinationsvermögens sogar geschichtliche Ereignisse voraus. Von den Bomben auf Berlin redete er schon 1940. Und drei Tage vor seiner Verhaftung leerte er seine sämtlichen Safes. Jawohl!

Übrigens gab er sich schon bald nach seinem Einzug bei uns einen neuen Namen: *Kaspar*.

ENKEL Mein Opa soll verrückt gewesen sein. Na und? Wen kratzt das heute noch? Ist doch eh wurscht. Alles!

II

EHEFRAU Wenn ich an den Sommer zurückdenke! Den Sommer 1928, in Westerland auf Sylt. Frischer Wind, weiße Schaumkronen auf der See, ein tiefblauer Himmel. Ich war dreiundzwanzig und er kam uns auf der Strandpromenade entgegen. Meinen Eltern, meiner Schwester Paula, meinem Schwager Heinrich und mir. Ein stattlicher Mann im weißen Anzug. Er roch nach Parfum. Als er an uns vorbei war, drehte ich mich nach ihm um, und meine Schwester stieß mir ihren spitzen Ellenbogen in die Rippen. Er war wohlhabend, das konnte ich auf den ersten Blick sehen, besaß, wie sich herausstellte, sogar ein Auto, einen bequemen Ford V 8. Abends trafen wir uns wieder. Beim Tanz. Wie das Lokal hieß, das solche Vergnügungen bot, weiß ich nicht mehr. Und wir verliebten uns. Im Nachlass meiner Mutter habe ich den Brief gefunden, mit dem Dr. Leopold Wagner, Stadtarzt von Speyer, bald darauf um meine, Cordula Rischels, Hand angehalten hat:

Speyer, den 8. Oktober 1928
Sehr geehrte Ehefrau und geehrter Herr Rischel!
Die vorher schon vorhandene Sympathie zu Ihrer Tochter Cordula hat sich an jenem Tanzabend auf Westerland noch verstärkt und im Laufe unserer weiteren Beziehungen denjenigen Grad erreicht, welcher die notwendige Voraussetzung zum ersten Schritt einer dauernden Verbindung bildet. Es ist mir daher eine angenehme Pflicht, Sie, Cordulas Eltern, um die wohlwollende Einwilligung zur Heirat, um Aufnahme in den Kreis nächster verwandtschaftlicher Beziehungen gütigst zu bitten. Indem ich mich gerne bereit erkläre, gewünschten Auskünften über meine Person

zu entsprechen und andererseits einer alsbaldigen Antwort
entgegensehe, begrüße ich Sie als Ihr sehr ergebener Dr.
Leopold Wagner.

EHEFRAU Verschroben? Im Rückblick vielleicht noch
viel mehr. Vielleicht wetterleuchtete bereits im Sommer
1928 seine Krankheit? Wie auch immer, damals störte sich
niemand an diesen Zeilen, vier Tage nach Weihnachten
desselben Jahres heirateten wir in der kleinen Kirche in
Hamburg-Eppendorf. Mein Vater, ein gutsituierter ehrba-
rer Kaufmann – der gleich zu Beginn jeden neuen Jahres
ins Rathaus ging, um pünktlich und freiwillig seine Steu-
ern zu entrichten – ließ es bei der Ausrichtung unserer
Vermählungsfeier an nichts fehlen. Einladungskarten mit
Goldrand, Sechs-Gänge-Menü, Tafelmusik. Mendelssohns
Hochzeitsmarsch aus dem *Sommernachtstraum*. Ach ja …
Ich schwebte im siebten Himmel.

Bis dahin verlief mein Leben recht eintönig. Am 20.
September 1905 als zweite Tochter des Ehepaars Ludwig
und Hedwig Rischel in Hamburg geboren, besuchte ich
zehn Jahre lang eine Privatschule in der Nähe meines Elternhauses in Eppendorf, anschließend für drei Jahre eine
Handelsschule, die ich nach einer heftigen Rippenfellent-
zündung abbrechen musste. Für ein halbes Jahr half ich im
Teppich- und Gardinengeschäft meines Vaters Richelsen &
Gutmann in der Bergstraße aus. 1924 bis 1926 folgte die
städtische Haushaltungsfachschule in Altona, anschließend
durfte ich meine dort erworbenen Kenntnisse im elterlichen Haushalt unter Beweis stellen.

Im Sommer 1927 verreiste ich zum ersten Mal ohne
meine Familie. In Begleitung dreier Freundinnen. Nach
Berchtesgaden. Wochen, die ich mein Leben lang nicht vergessen habe! Sie tauften mich »Königin der Bergführer«.

Das Album mit über fünfzig Fotos von vier Mädchen in weißen Blusen und Bergstiefeln überstand den Krieg und meine sämtlichen Umzüge. Gerne hätte ich mich bei einem Rechtsanwalt beworben oder künstlerisch gebildet, das aber war für meine Eltern leider undenkbar. Nach ihrem Verständnis genügte Hauswirtschaft für ein Mädchen meines Standes. Nicht einmal Taschengeld zahlten sie mir aus. Wie also hätte ich je den Umgang mit Geld lernen sollen? Ein Mangel, den mir mein Sohn Lorenz bis heute vorwirft.

Ich sammelte Postkarten. Vornehmlich von Gemälden und legte mir ein Register meiner Sammlung an. Eine Freude! Spitzweg mochte ich am liebsten, *Keine Rosen ohne Dornen*, zum Beispiel. Aber auch an Giorgiones *Venus* konnte ich mich nicht sattsehen. Ich war ziemlich hübsch, viel hübscher als meine Schwester Paula und besaß eine komplette Aussteuer. Eine durchaus gute Partie also, die Leopold Wagner 1928 zu seiner Frau nahm, und niemand störte es, dass ich siebzehn Jahre jünger war als er. Wenige Tage nach unserer Hochzeit übersiedelte ich zu ihm nach Speyer.

Wir bewohnten eines der Häuser seines Onkels Otto Fahrenholz, eines fleißigen, aber recht einfältigen Speyerer Kaminkehrermeisters, bei dem Leopold – vielleicht, weil seine leibliche Mutter unter epileptischen Anfällen litt? – seine Kindheit und Jugend verbrachte, und der im Lauf der Jahre zu einigem Ansehen, zwei Häusern, etlichen Gemälden und kostbaren Möbeln gekommen war. Eine goldene Zukunft, so schien es, lag vor mir.

Leopold war in jeder Beziehung ungewöhnlich. Phantasievoll und ausschweifend, völlig anders als ich es von meinen Eltern kannte, und vielleicht übte er gerade deshalb auf mich, ein Mädchen meines Standes, solche Faszination aus. Er las Bücher, Goethes *Faust*, spielte Klavier und Flöte. Im

Frühjahr unternahmen wir kurze Reisen, wir hörten die Schwalben singen ... Ja, in den ersten Monaten meiner Ehe meinte ich – trotz allem – glücklich zu sein. Denn, um es kurz zu machen, Leopold hatte es vom ersten Tag, beziehungsweise von der ersten Nacht an gern, sehr gern, während ich, was das anbetraf, noch völlig unerfahren war. Ein kleines, mich äußerst verwirrendes Startproblem, das sich aber, wie ich meinte, in absehbarer Zeit auf ein Normalmaß einpendeln würde. Jedoch auch meine drei Ältesten, Hans, Gesche und Lorenz, die in rascher Folge zur Welt kamen, konnten keinen Einfluss auf sein Wesen und die absonderliche Entwicklung, die seine Seele durchmachte, nehmen.

SOHN Mutter war so gut wie überhaupt nicht aufgeklärt, als Vater in Westerland auftauchte und ihr – mit ihren damals immerhin schon dreiundzwanzig Jahren – den Hof machte. Lächerlich. Einmal soll sie ihre Schwester Paula gefragt haben, ob sie wohl jedes Mal schwanger werde, wenn er seine Hose neben das Bett lege? Nicht einmal volle neun Monate nach der Hochzeit wurde mein ältester Bruder Hans geboren, vierzehn Monate nach ihm Gesche, eineinhalb Jahre danach ich. Meine beiden jüngeren Schwestern Fritzi und Karla kamen im siebten, beziehungsweise neunten Ehejahr meiner Eltern zur Welt, zu einer Zeit also, in der ihre Beziehung schon völlig zerrüttet war. Bereits damals, wie ich herausfand, enterbte Vater seine Frau.

Doch wer war dieser Leopold Wagner eigentlich? Ein äußerst gebildeter Mensch, der eine Bibliothek besaß, Musik liebte und eine steile Karriere vorweisen konnte, als er im Dezember 1928 der verwöhnten Tochter des Hamburger Teppichhändlers Ludwig Rischel in der Eppendorfer Kirche das Jawort gab. Unsere Mutter hat ja bis zum heutigen Tag keine Ahnung davon, wer da eigentlich an ihrer

Seite lebte, litt, einundzwanzig Jahre im *Narrenhaus* saß und in seinem 72. Lebensjahr in den Tiroler Bergen zu Tode kam. Auch seine betrügerischen Vormünder erachteten es offenbar nicht der Mühe wert, sich ihr Mündel genauer anzusehen. Lediglich zwei von ihnen statteten ihm einen Besuch in Lohr ab, ansonsten lief alles schriftlich. Mit Vater konnte man ja wunderbar korrespondieren.

Aschaffenburg, den 21.12.1957
Sehr geehrter Herr Dr. Wagner, aus Anlass des bevorstehenden Weihnachtsfestes habe ich Ihnen heute eine Zuwendung von 50,- DM überweisen lassen. Ich möchte gleichzeitig die Gelegenheit wahrnehmen, Ihnen zum bevorstehenden Weihnachtsfest herzliche Grüsse zu senden und zum Jahreswechsel alles Gute zu wünschen.
Mit freundlichen Grüßen, Ihr Rüttger. Rechtsanwalt.

SOHN Vater wurde am 28. Januar 1888 als erstes Kind eines Kaminkehrers in Alzenau geboren. Warum seine Eltern ihn schon bald in das Haus seiner Tante Therese, der Schwester seines Vaters und deren Mann, Otto Fahrenholz, nach Frankfurt gaben, ist nicht bekannt. Offenbar schadete es ihm aber in keiner Weise, er liebte Onkel und Tante, besuchte in Frankfurt das humanistische Gymnasium und machte – äußerst musisch und sprachbegabt – später sein Abitur in Offenbach, wohin Fahrenholz inzwischen verzogen war. Übrigens auch Kaminkehrer, ganz offensichtlich jedoch mit größerem Geschick als der leibliche Vater, zu dem der Kontakt jedoch nie abbrach. Noch in den letzten Monaten vor seiner Einweisung soll das Verhältnis ausgesprochen gut gewesen sein. Und das, obgleich Vater Wagner, einem Bericht der Gendarmerie Aschaffenburg vom Oktober 1938 zufolge, ein *echter Nationalsozialist* war.

Lohr, Haus 9. MEIN VATER

Mein Vater, ein prächtiger, kluger Mann, ein Hüne mit herkulischer Kraft, stolz, aufrecht, unbeugsam, war katholisch, hatte aber für die alleinseligmachende Kirche wegen ihres widerwärtigen, bereits mit allen Foltermethoden gegen seine Mutter geführten Kampfes mit vollem Rechte nicht das geringste übrig. Er besuchte sie nicht, ging nicht zur Beichte und sprach verächtlich von den »Pfaffen«. Und deshalb musste er krumm geschlagen werden. Er liebte ein hübsches, stattliches katholisches Mädchen aus guter Alzenauer Familie. Es war höflich und liebenswürdig zu ihm, jedoch unnahbar. Etliche Jahre zog sich das einseitige Liebesspiel hin. Dann aber benötigte mein Vater wirklich eine Ehefrau, das erforderten seine Stellung als Kaminkehrermeister ebenso wie sein Gutshof. 36 Jahre alt geworden, sah er sich genötigt, klare Verhältnisse zu schaffen und beauftragte seine Schwester Therese, das Mädchen zu fragen, ob sie nicht seine Ehefrau werden wolle. Dass mein Vater, der prächtige Kerl, nicht wagte, selber entscheidende Schritte zu tun, war sicher auf die kühle Zurückhaltung des Mädchens zurückzuführen. Die Antwort, vermittelt durch Tante Therese, machte meinen Vater bestürzt. Sie könne nicht, sei schon seit vielen Jahren einem anderen versprochen. Meinen Vater packte die Wut, erkennend, dass ihn das katholische Mädchen jahrelang an der Nase herumgeführt hatte und er beschloss, so schnell als möglich ein protestantisches Mädchen zu heiraten. Ob er die unheilvolle Einwirkung des Papsttums bei dem Verhalten des katholischen Mädchens erkannt oder erfühlt hat, weiß ich nicht. Er traf mit Sabine Kröner zusammen, die meine Mutter wurde.

Es liegt auf der Hand, dass Sabine schon längst für ihn bereitgehalten war, das Arrangement einer Begegnung nur noch eine Bagatelle. Auf der Hochzeitsreise, die das junge

Paar in die Nähe von Worms führte, traf diese Ehe der ent-
scheidende Blitzstrahl. Die junge Ehefrau erlitt einen hef-
tigen epileptischen Anfall, wand sich, mit Schaum vor dem
Mund, im Bett hin und her. Mein Vater starrte kreidebleich
und keines Wortes fähig auf dieses fürchterliche Schauspiel.
Sabine hatte ihn entsetzlich betrogen, die Ehe war auf Le-
benszeit zerstört – Ketzerehe.

Mein Vater wollte die Scheidung, da aber eine Schwan-
gerschaft bestand und alle Verwandten und Angehörigen
ihn baten, davon abzusehen, unterließ er die Klage (dum-
merweise!). Geschüttelt von Entsetzen und um sich die
quälenden Gedanken wenigstens zeitweilig vom Halse zu
schaffen, begann er zu saufen. Meine Mutter, gegen die sitt-
lich nichts einzuwenden war – kein Verdienst bei der ihr
leider angeborenen Kälte und Gefühllosigkeit – suchte mich
gegen den Vater aufzuhetzen. Zwischen beiden Ehegatten
fiel, solange ich zurückdenken kann, kein gutes Wort, mein
Vater behandelte seine Ehefrau mit Recht wie einen Aus-
wurf der Menschheit.

Diese Heldentat des Papsttums geht auf das Konto von
Pius XIII., den Grundsatz des Papsttums verwirklichend,
alle Ketzerehen total zu zerstören und öffentlich zu brand-
marken. In Leid und Unglück sollen die Ketzer ihr Leben
verbringen. Im Namen des Vaters, des Sohnes, des heiligen
Geistes. Amen.

SOHN Pflegevater Fahrenholz besaß ein eigenes Geschäft,
erwirtschaftete im Lauf der Jahre ein ansehnliches Vermögen und bestimmte seinen Pflegesohn zum Alleinerben.
Als es Mitte der Dreißiger Jahre jedoch zum Zerwürfnis
zwischen beiden kam, widerrief der Onkel das Testament,
halbierte das Erbe und zahlte seinen Pflegesohn aus. Vater
kaufte Aktien und Wertpapiere, spekulierte an der Börse,

lege dann aber – vorausschauend, was die politischen und wirtschaftlichen Umbrüche anbetraf – den größten Teil seines rasch auf etwa zweihundertfünfzigtausend Goldmark angewachsenen Vermögens in Sachwerten an. Wertvollen Büchern, Meißner Porzellan, Ölgemälden, Gold- und Brillantschmuck. Sein bestes Stück, ein Konzertflügel Marke Steinway & Sons. Aber auch die antike Glasvitrine sollte nicht unerwähnt bleiben. All diese Wertgegenstände, derer sich Mutter Anfang 1939 bemächtigte und in einer Nacht- und Nebelaktion – unverschämt und illegal – nach Hamburg verschleppte.

Doch der Reihe nach. 1894, kurz bevor Vater in die Schule kam, wurde seine Schwester Hanna geboren – ein weiteres Geschwister starb mit sechs Monaten an einer Ernährungsstörung. Da Hanna bei den leiblichen Eltern aufwuchs, hatten Bruder und Schwester als Kinder kaum Kontakt, später trübten wohl gegensätzliche Auffassungen über den Nationalsozialismus das Verhältnis – Schwamm drüber! Sie, als einzige aus der Familie, hielt zu ihm, besuchte den Bruder, solange es ihr trotz ihrer vielen Aufgaben als Oberin der Schwesternschaft noch möglich war regelmäßig in Lohr, kümmerte sich um seine Belange – bis zum letzten Tag.

Lohr, Oktober 1956
Meine Eltern sind tot. Ich habe eine einzige noch lebende Schwester. Sie ist im Miltenberger Kloster erzogen, tarnt sich zwar als kohlrabenschwarze Atheistin ist in Wirklichkeit aber Roms willenlose Sklavin. Diese Tatsache ist von Jugend auf die Quelle eines mangelhaften geschwisterlichen Verhältnisses. Wir beide sind gleichberechtigte Erben des elterlichen Nachlasses. Meine Eltern haben mich nicht enterbt. Meine Schwester ist sechs Jahre jünger als ich. Von

Natur aus kerngesund müsste sie mich, den Älteren, über-
leben. Leider ist sie wegen ihrer Sklaverei mit all den ge-
heim beauftragten Gemeinheiten eine Greisin geworden,
mit schneeweißem Haar, von Runzeln bedeckt ... Kaspar

SOHN Vater studierte in Würzburg, Frankfurt und Kiel
und legte am 13. April 1913 seine Prüfung mit »sehr gut«
in Heidelberg ab. Seine Dissertation »Intraperitoneales
Taratom bei einem Neugeborenen« wurde 1914 bei Gu-
stav Fischer in Jena gedruckt. Ich besitze ein Exemplar,
auf Wunsch kann es jeder einsehen. Im sechsten Semester
tat er Dienst als Sanitäter im Infanterie-Leibregiment in
München, weitere praktische Erfahrungen sammelte er als
Schiffsarzt auf Passagierschiffen der Norddeutschen Lloyd.
Während der Rückfahrt von Mexiko 1914 brach der Erste
Weltkrieg aus, sofort nach Ankunft in Hamburg wurde
Vater eingezogen und als Assistenzarzt mit Pionieren an
die Westfront bestellt.

La Petite Fosse, den 22. 10. 1914
Liebe Verwandte! Ich befinde mich etwa 600 Meter hin-
ter der Linie im Dorf, täglich prasseln 100te von einzelnen
Schüssen herein, wovon der Fensterladen meines Schlafzim-
mers beredtes Zeugnis ablegt. Wiederholt haben die Kerle
auch des Nachts die Sauschießerei angefangen. Zu sehen
ist wenig, nur Schwefeldampf und Staub. Der Kirchturm
schwankt auf zwei Pfosten, sonst alles rausgerissen, zent-
nerschwere Steine 100te von Metern fortgeschleudert. Alle
Bedingungen zum baldigen Tod sind gegeben. So furcht-
bar, so entsetzlich, so erbarmungslos, so viehisch, so grauen-
haft habe ich es mir nicht träumen lassen. Ob ich wohl in 10
Tagen noch am Leben bin?
Herzlich an alle, Leopold.

SOHN Was dieser sensible Mann durchgemacht hat! Zum Beispiel soll er im Februar 1915 in der Nähe des Ortes Lusse nach Beschuss des Verbandsplatzes etwa zweihundert Verwundete versorgt und beruhigt haben. Völlig auf sich allein gestellt und mehr als sechsunddreißig Stunden lang. Für seine Unerschrockenheit und Tapferkeit wurden ihm dann immerhin der *Militär-Sanitätsorden II. Klasse*, das *Verwundeten-Abzeichen in Schwarz* und der *Bayerische Militärverdienstorden mit Schwertern* verliehen und sein Name in das *Goldene Ehrenbuch* Bayerns eingetragen. Auszeichnungen, die für Vater auch insofern nicht unerheblich waren, als er daraufhin im September 1958 in den Genuss der einmaligen *Ehrensold-Nachzahlung für Träger höchster Kriegsauszeichnungen* von 625 Mark kam. Geld, das ihm in monatlichen Raten von 25 Mark ausgezahlt wurde, über das er frei verfügen, sich Tabak, eine Schreibmaschine mit kyrillischen Buchstaben und – was das wichtigste für ihn war – neue Kleidung kaufen konnte. Bis dahin – und das muß hier einmal in aller Deutlichkeit gesagt werden –, das heißt einundzwanzig Jahre lang, trug mein armer Vater nur das auf dem Leib, was er bei seiner Einlieferung getragen hatte.

Um noch einmal auf seine frühen Jahre zurückzukommen: Unmittelbar nach Ende des Ersten Weltkriegs wurde er Stabsarzt der Reserve in der Röntgenabteilung des Münchner Barackenlazaretts, nach dessen Auflösung wechselte er in die physikalisch-therapeutische Abteilung des Garnisonslazaretts, am 1. Oktober 1921 trat er die Stelle des Stadtarztes von Speyer an.

Aus der Personalakte geht hervor, eindeutig hervor, dass Dr. Leopold Wagner beliebt war. Er betätigte sich auch als Schularzt, versorgte unentgeltlich Arme und engagierte sich für Reformen im Gesundheitswesen.

AUS DER LOHRER KRANKENAKTE:
Die Stadt stellte mir lediglich einen Schreibtisch, einige Stühle, einen Kassenschrank, eine Messlatte und eine Chaiselongue zur Verfügung. Alles Übrige, eine Personenwaage, die gesamte ärztliche Einrichtung, sämtliche Instrumente stellte ich selbst. Meine Krankenbesuche machte ich mit dem Fahrrad, später mit dem Motorrad. Einen Wagen besaß ich damals noch nicht, den kaufte ich erst, als ich mehr und mehr abgebaut wurde. Zuletzt benutzte ich bei Hausbesuchen – an manchen Tagen waren es bis zu zweiundzwanzig – einen Mietwagen. Die Kosten übernahm ich selbst, von der Stadt erhielt ich keinen Pfennig Entschädigung. Die Stadt war jüdisch gemein (...) Das Bürgermeisteramt ist das schmutzigste Amt, das ich je sah. Kaspar.

SOHN Was seine Verwundung betrifft, von der manchmal die Rede war, habe ich nichts Genaueres herausfinden können, auch nicht, ob seine diversen körperlichen Leiden eventuell darauf zurückzuführen waren. Möglicherweise zog er sich bereits als junger Röntgenarzt Hodenkrebs zu. Damals wurden Untersuchungen ja noch völlig ungeschützt vorgenommen.

Den eigentlichen Schaden jedoch nahm er durch seine Frau, Cordula Rischel. Wäre ihm im Sommer 1928 während seines Urlaubs auf Sylt doch eine andere über den Weg gelaufen! Dann wäre er glücklich geworden. Er hatte alle Voraussetzungen und die Begabung dafür. Und wir hätten eine andere Mutter. Und jede andere wäre mir tausendmal lieber als sie, diese falsche Schlange, diese Raubkatze auf Samtpfoten ohne Schulabschluss! Nur Häkeln, Stricken, Hauswirtschaft. Aber ein Teint wie Seide. Auf Männer hat sie Eindruck gemacht. Eigentlich wollte sie ihren Schwager, Heinrich v. Priem heiraten, der war auch Arzt, im Gegensatz zu Vater aber fast mittellos. Wie konnte er ihr nur auf den Leim gehen!

Fest steht, dass sie ihn bereits ab Mitte der Dreißiger Jahre betrog, Intimitäten ihres Ehelebens herumposaunte, ihn bloßstellte, vor anderen lächerlich machte – ungeachtet einer vor der Ehe unterzeichneten *Treueerklärung.* So in die Enge getrieben, so geächtet und gedemütigt, wusste mein armer Vater sich keinen anderen Rat, als erneut – wie schon einmal zur Absicherung vor der Hochzeit – ein Ermittlungsbüro einzuschalten. Was ihn dieser Auftrag zur *Observierung der Ehefrau wegen vermeintlicher Untreue* wohl gekostet hat! Jedoch war ihr nicht auf die Schliche zu kommen.

Lohr, Haus 9. Fortsetzung MEIN VATER

Die unselige, zum Scheitern bestimmte Verkuppelung meiner Eltern wirkte sich auch auf mich, den degenerierten Spross eines prächtigen Vaters, in allerentsetzlichster Weise aus. Ohne mein geringstes Verschulden. Hätte mich mein Vater über seine schweren, ja katastrophalen Misserfolge in seinem Leben genauer informiert, wahrhaftig, ich hätte es besser gemacht, und den einzigen schweren Kapitalbock meines Lebens nicht geschossen. Niemals Cordula Rischel geheiratet! Doch mein Vater fürchtete sich davor – völlig zu Unrecht –, vor seinem Sohn an Ansehen zu verlieren. Und das hätte sein Stolz niemals zugelassen.

Wenn ein deutscher Staatsbürger, geheim und mit so raffinierten Methoden, von einer ausländischen Weltmacht bekämpft wird, so braucht er sich wegen keiner einzigen Niederlage zu genieren, und sei sie auch noch so schwer. Mit so heimtückisch gelegten Fallen kann selbst eine Höchstintelligenz, vorausgesetzt sie ist ahnungslos, hineingelegt werden. Nicht den leisesten Vorwurf erhebe ich gegen meinen guten Vater. Nur schade, dass ihn sein Stolz daran hinderte, mich aufzuklären und mich zu lehren, wie ich es besser als er hätte machen können.

EHEFRAU Erst nach und nach ging mir auf, in was für eine Welt ich – an der Seite eines radikalen Altkatholiken, notorischen Besserwissers und Draufgängers – geraten war! Erschwerend zu allem hinzu kam die schleichende Unterwanderung der Stadt durch die Nazis. Durch nichts und niemanden mehr aufzuhalten. Das Ansehen meines Mannes sank von Tag zu Tag. Seine Vorschläge für Reformen im Gesundheitswesen versickerten in endlosen Debatten, sein Mandat im Stadtrat wurde ihm entzogen, sein undiplomatisches Auftreten entfachte täglich neue Feindschaften.

Lohr, Haus 9. MEIN LEBEN
Nach Kriegsschluss 1918 wurde ich Röntgenologe am Garnisonslazarett in München und zugleich Assistenzarzt bei Geheimrat Großmann in der Ottostraße. 1919 erhielt ich von Onkel Fahrenholz ein Anschreiben der Stadt Speyer am Rhein mit der Aufforderung, mich als Stadtarzt zu bewerben, und weil das Röntgen – die ganze Last des Betriebs ruhte auf meinen Schultern – gesundheitsschädlich war, sah ich mich veranlasst, die Bewerbung einzureichen. Von 36 Bewerbern kamen nur zwei in die engere Wahl. Der katholische Dr. Ringel und ich. Das Papsttum setzte sich mit aller Macht für seinen Kandidaten ein, und es kam zu einem erbitterten, zwei Jahre währenden Kampf. Die Roten berichteten voller Emphase davon, wie Frau Dr. Ringel, eine frühere Krankenschwester, ihren einladenden und anreizenden Busen an sie gedrückt habe, um auf die Weise Stimmen für ihren Mann zu gewinnen. Erfolglos! Schließlich begriff das Papsttum, dass mir die Majorität der Stim-

men sicher war und veranlasste den Oberbürgermeister,
mir vor Torschluss ein Kuckucksei ins Nest zu legen. Und so
wurde, entgegen dem klaren Wortlaut der Ausschreibung,
ein Probejahr eingeschoben. 1921 fand die Wahl statt, alle
Stimmen fielen auf mich, mit Ausnahme der sechs Stimmen
der bayerischen Volkspartei (natürlich!). Nun war ich zwar
gewählt, hatte aber noch keine definitive Anstellung, und
das Papsttum versuchte weiter mit allen Mitteln, diese zu
verhindern. So wurden aus einem Probejahr drei Jahre, fast
alle bürgerlichen Parteien abspenstig, und nur Herr Öko-
nomierat Schröder von der Deutschen Volkspartei und die
Roten hielten zu mir und setzten meine Anstellung mit ei-
ner einzigen Stimme Mehrheit durch.

Ich habe in diesen Jahren gewaltigen Ringens die Ein-
sicht gewonnen, dass sich weder in der bürgerlichen noch in
den roten Parteien ein Mann von Hochintelligenz befand.
Ständig musste ich die geheim gelegten Minen des Papst-
tums erspüren, klar erkennen, Gegenminen ausarbeiten,
die treuen Parteien geheim informieren und notwendige
Zeitungsartikel für die bürgerliche und die rote Zeitung
entwerfen. Alle Last dieses Kampfes ruhte allein auf mei-
nen Schultern. So wurde ich durch das Papsttum geradezu
gewaltsam und ganz gegen meinen Willen in die politische
und weltpolitische Sphäre hineingezogen. Es gelang mir,
meine Stelle prächtig auszubauen und eine starke politische
Machtposition zu erwerben. Ohne selbst einer Partei anzu-
gehören, wurde ich zum geistigen Führer der roten Stadt-
ratsfraktion und nahm über sie Einfluss auf die gesamte
Pfälzer Sozialdemokratie.

EHEFRAU Jahre später ließ mich meine Schwägerin allerdings wissen, dass die Ressentiments Leopold gegenüber
in seiner alles andere als koscher verlaufenen Wahl zum

Stadtarzt begründet lag. Damals waren nämlich auf Anraten seines Pflegevaters Fahrenholz ein paar Mitglieder der Bayerischen Volkspartei, deren Kandidat bereits als so gut wie gewählt galt, der entscheidenden Sitzung fern geblieben, und nur so der Gegenkandidat der Sozialdemokraten, Demokraten und der Wirtschaftspartei, Dr. Leopold Wagner, ins Rennen gekommen – mit einer Stimme Mehrheit. Ein mehr als windiger Balanceakt, den die Rechten Leopold nie verziehen. Je stärker sie in der Stadt wurden, umso heftiger ließen sie ihn ihre Ablehnung spüren. Wobei ihm, stets auf Konfrontation aus, diese Entwicklung wohl insofern zu pass kam, als er die Nationalsozialisten zu den Verursachern seiner, ihm im Unterbewusstsein vielleicht selbst spürbaren seelischen Zerrüttung erkor, und auf die Weise quasi legitimiert mit immer absurderen Forderungen gegen sie zu Felde zog.

Speyer, den 13. Juni 1933
An das Bürgermeisteramt. Unterzeichneter ersucht das Bürgermeisteramt um Bereithaltung eines Untersuchungszimmers in meiner Privatwohnung, Dienstmädchenanteil für Beseitigung von Blut und Erbrochenem sowie Straßenschmutz im Haus ... Sollte das Bürgermeisteramt nicht geneigt sein, meinem Ansuchen zu entsprechen, dann bitte ich, sich für die in der Anlage beigegebenen 6 Schriftstücke des dortigen Papierkorbs zu bedienen.
Dr. L. Wagner, Stadtarzt.

EHEFRAU Im Sommer 1933 eskalierte, was man bis dahin gut und gerne als kleinstädtisches Hick-Hack hätte abtun können: Karl Delobelle – ein gerade für seine achtjährige Parteizugehörigkeit öffentlich geehrter und zum Fraktionsvorsitzenden der NSDAP avancierter Speyerer Kohlenhändler und Leopolds ärgster Widersacher – ordnete die Kürzung der Bezüge des Stadtarztes von Speyer an und gab auch dem Staatsministerium des Innern in München und Adolf Hitler persönlich Kenntnis davon.

Außer sich vor Wut, unfähig, diese Regelung als eine allgemeine aus wirtschaftlicher Not erwachsene und sämtliche Beamte gleichermaßen treffende zu akzeptieren, übermittelte Leopold daraufhin der Regierung der Pfalz eine *Wahrscheinlichkeitsdiagnose* Delobelles, der zu Folge dieser ein *mit Grössenideen behafteter sadistischer Psychopath* sei und zur Beobachtung seines Geisteszustandes in die Psychiatrische Klinik Heidelberg gehöre. Daraufhin wurde Leopold festgenommen.

Man stelle sich vor, der von seinen Patienten nach wie vor hoch geschätzte Stadtarzt von Speyer verhaftet! Ich traute mich kaum noch auf die Straße. Einer der letzten Getreuen Leopolds, ein Rechtsanwalt, riet mir, er solle sofort Urlaub beantragen und die Stadt verlassen, nur so hätte man in ähnlichen Fällen Schlimmerem vorgebeugt. Ich schrieb diesen Rat auf einen Zettel und steckte ihn Leopold während eines meiner Zehn-Minuten-Besuche im Gefängnis, die mir immerhin gestattet wurden, heimlich zu. Zwecklos! Er sperrte sich, verweigerte die Rücknahme seiner Diagnose *unter dem Ausdruck tiefsten Bedauerns* – wie Delobelle gefordert hatte und verlautete, die Schutzhaft selbst provoziert zu haben, um ein Exempel zu statuieren, den blöden Massen vor Augen zu führen, wie dieser verbrecherische Staat mit unliebsamen Beamten verfahre, sie und ihre Familien ins Elend stürze. In einem öffentlichen Prozess verurteilte man Dr. Leopold Wagner zu zwei Monaten Gefängnis wegen Beleidigung, samt Übernahme sämtlicher Kosten. Berichte gingen durch alle Zeitungen. Dass die zunächst verhängte Gefängnisstrafe im Berufungsverfahren durch eine Geldstrafe von 300 Mark ersetzt wurde, nützte uns wenig. Wir waren – so oder so – ruiniert. Das Kündigungsschreiben – zum 31. Dezember 1933, *ohne Entschädigung und Pension* – schlug bei uns ein wie eine Bombe.

Speyer, den 14. Dezember 1933
An das Bürgermeisteramt.
Bei dem unvereinbaren Gegensatz unserer Auffassungen über das allgemeine deutsche Recht warten wir zweckmäßig die Entscheidung uns übergeordneter Stellen ab – durch meine Regierungsbeschwerde wurde diese Möglichkeit eröffnet.
Mit Deutschem Gruss, Heil Hitler,
Leopold Wagner, Stadtarzt

EHEFRAU Leopold legte Beschwerde ein, pochte, anstatt zu mir und seinen Kindern zu halten, uns vor dem Mob zu schützen und so schnell wie möglich die Stadt zu verlassen, auf sein angebliches Recht: Beamtentum auf Lebenszeit. Ein nervenaufreibendes, sich über Monate hinschleppendes und von vornherein aussichtsloses Verfahren, das im Februar 1934 endgültig abgewiesen wurde. Sein Vertrag war, entgegen seiner eigenen Auffassung, in dem Punkt offenbar keineswegs wasserdicht.

Mir schien es so, als steigere jede weitere öffentliche Demütigung nicht nur sein Aufbegehren, sondern auch und vor allem sein gedankliches Abgleiten in Scheinwelten. Für ihn stand außer Frage, dass *Außenpolitische Momente* seine Verhaftung forciert hatten. Mit dem Ausformulieren absurdester Unterstellungen verbrachte er seine Tage. Ungeheurer Hass wuchs in seiner Seele. Leider auch Hass auf uns, mich und seine Kinder.

Oktober 1937
An den Verwaltungsgerichtshof München.
Beschwerde gegen den Bescheid des bayerischen Innen-
ministeriums vom 13. 10. 1934.
Motto: Um ein Recht bettelt man nicht, um ein Recht strei-
tet man. Adolf Hitler. Selbst die unrevanchierten Clownia-
den vermindern die Unantastbarkeit meines Rechtsanspru-
ches auf Rehabilitation als Stadtarzt nicht im mindesten, im
Gegenteil, sie verstärken denselben.
   Mit deutschen Gruss, Heil Hitler!
   Dr. L. Wagner, Arzt

EHEFRAU Die Zeit der Angst brach an. Niemand ahnt, was
ich durchmachte, und mein Sohn Lorenz ist der letzte, der
ein Recht dazu hätte, mir vorzuwerfen, als Gattin und Mutter versagt zu haben. Das zeugt von einem versteinerten
Herzen, das nur die eigene Not kennt und nichts anderes!
Völlig schutzlos war ich einem Psychopathen ausgeliefert!
Niemand stand mir bei! Die Wunden sind bis heute nicht
geheilt. Oft fürchtete ich um mein Leben. Und um das Leben meiner Kinder. Leopold schien zu allem fähig. Immer
brutaler forderte er das Eherecht ein – wenn es nach mir
gegangen wäre, wären meine beiden Jüngsten, Fritzi und
Karla, nicht gezeugt worden – und unterstellte mir gleich-
zeitig Ungeheuerliches: Untreue, Verleumdung, Meineid.
Ja sogar, dass ich die Absicht hegte, ihn zu vergiften. Die
Hölle auf Erden! Wenn ich hätte weglaufen können!
   Sämtliche Bewerbungen – die ihm auf Verfügung Delobelles allerdings nur in weiter entfernten, rechtsrheinischen
Gemeinden gestattet wurden – blieben unbeantwortet.
Und das, obwohl ihm der Oberbürgermeister von Speyer
im September 1934 immerhin noch ein makelloses Zeug-
nis ausstellte, in dem es hieß, dass er auf eigenen Wunsch

aus dem Amt geschieden sei. Das einzige Angebot schlug Leopold wegen angeblich zu schlechter Bezahlung aus. Wir lebten am Existenzminimum.

Meine Familie in Hamburg erfuhr so gut wie nichts von all dem. Nicht einmal mir selbst gegenüber mochte ich eingestehen, dass Leopold Wagner das Jawort gegeben zu haben der größte Fehler meines Lebens war.

In dieser angespannten Situation kam es auch noch zum Bruch mit Fahrenholz. Der Pflegevater und Onkel widerrief sein Testament, entzog dem Pflegesohn die Alleinerbschaft und zahlte ihm die Hälfte des Vermögens aus. Jedoch anstatt die Not seiner Familie zu lindern erwarb Leopold Aktien und Wertpapiere, spekulierte an der Börse, eröffnete mehrere Konten, auch in der Schweiz, hortete vor den Augen seiner hungernden Kinder Antiquitäten. Immer hektischer und sinnloser schien mir sein Gebaren, auch sein Geschäftsgebaren, und als man ihn vier Jahre später in Lohr einlieferte, war das Chaos perfekt. Finanzamt und Vormund brauchten Monate bis sie sich einen Überblick verschafft hatten. Zum Glück blieb ich selbst außen vor – nie hatte Leopold mich in seine finanziellen Angelegenheiten eingeweiht.

Im Frühsommer 1936 starb mein Vater. Hoch schwanger, konnte ich nicht zu seiner Beerdigung nach Hamburg reisen – das war hart. Im August brachte ich mein viertes Kind, unsere Tochter Fritzi zur Welt. Ungeachtet dessen verbreitete Leopold immer penetranter, von Papst und Kirche hinterhältig in diese unsere Ehe gelockt worden zu sein – eine Falle. Zum Scheitern verurteilt, wie alle *Ketzerehen*. Schon seit Generationen müsse seine Familie dergleichen unverschuldet erleiden, es nehme kein Ende. Die Kurie und die Nazis hätten sich gegen ihn verschworen. Hitler persönlich betreibe seinen Untergang. Noch heute könnte ich diesen ganzen Irrsinn herbeten. Wie ein Krebs hatte er sich in sein Hirn gefressen.

Wo auch immer er sich aufhielt, fühlte er sich beobachtet und verfolgt. Erst viele Jahre später erfuhr ich, dass er bereits 1936 ein Testament aufgesetzt, mich enterbt und unsere Scheidung forciert hatte. Ziemlich ernüchternd angesichts meiner eigenen Verzweiflung und dem Bestreben, an unserer Ehe festzuhalten, diesem Mann trotz allem mit allen Fasern meines Wesens treu zu sein. Wenn ich mich heute ernsthaft fragte, warum ich das alles ertrug – alle Erniedrigungen, Entwürdigungen … Ich könnte rasend werden!

Lohr, Haus 9.
EINIGE GRUNDGESETZE DES PAPSTTUMS
Alle nicht der alleinseligmachenden Kirche Angehörigen wurden als Ketzer angesehen. Noch schlimmere Ketzer sind diejenigen, die ursprünglich katholisch waren, und protestantisch oder anderweitig nicht römisch-katholisch heirateten oder gar Apostaten (Abtrünnige) wurden. Alle laxen Katholiken, alle nicht gefügigen Katholiken, alle das Vaterland dem internationalen Papsttum überordnenden Katholiken sind Ketzer schlimmster Art.

Ketzer werden nach unwandelbarem Gesetz bis zur heutigen Stunde mit allen zu Gebote stehenden, allergrausamsten und unmenschlichsten Mitteln bekämpft, sofern sie nicht reumütig in den Schoß der heiligen römisch-katholischen Kirche zurückkehren. Seien es nun Staaten, Familien oder Einzelpersonen. Der Ketzer, der höchst intelligent, einwandfrei, menschenfreundlich, beliebt, erfolgreich, reich ist, ist der allerschlimmste Todfeind der heiligen alleinseligmachenden Kirche. Er muss durch Attentate, durch zufällig scheinende, aber absichtlich herbeigeführte »Unfälle«

ausgerottet werden. Das jüdische Grundgesetz des Talmud
»Den Besten der Gojim töten« ist auch ein fundamentales
Grundgesetz des Papsttums.

Aus meiner 12jährigen Stadt- und Schularzttätigkeit
in Speyer am Rhein weiß ich, dass alle Lehrer angehalten
waren, Mischehen dem römisch katholischen Pfarrer zu
melden. Dies diente einzig und allein dem Zwecke, solche
Ehen systematisch zu unterminieren, sie zum Unglück, zum
Bruch zu bringen. Schon Goethe wusste davon.

Wer leugnet's? Jedem edlen Ohr
kommt das Gebimmel widrig vor.
Und das verdammte Bimlabimmel
verfinstert heiter'n Gotteshimmel,
mischt sich in jegliches Begebnis
Vom ersten Bad bis zum Begräbnis,
Als wäre zwischen bim und ba–u–um,
Das Leben nur ein Pfaffentraum!

Selbst bei seinen eigenen römisch-katholischen Schäfchen
kümmert sich das Papsttum um Kleinigkeiten. Um so mehr
bei Ketzern!! Jeder Hauch, jede Charaktereigenschaft,
selbst das geheimste Gefühl wird ausspioniert, registriert
und nach Rom gemeldet. Hier befinden sich die zentralen
Kartotheken.

EHEFRAU Leopold gab vor, ganz Speyer habe Kenntnis von
seinem Geschlechtsleben, mokiere sich über ihn, lache ihn
aus. Ich, seine Ehefrau, sei schuld daran, streue Intimitäten
herum, selbst Adolf Hitler wisse schon Bescheid. Vernunft
und Logik prallten von ihm ab, leider auch jegliche Form
von Zuneigung oder Zärtlichkeit – auch die seiner Kinder.
Auch sie verloren mehr und mehr an Bedeutung für ihn.
Stundenlang fuhr er ziellos mit dem Auto in der Gegend
herum, redete von Auswandern, immer häufiger fiel das

Wort Russland. Gottlob wurde ihm irgendwann sein Pass entzogen. Seinem dritten Vormund gegenüber behauptete er allerdings, sehr wohl in Moskau gewesen zu sein. Ich habe keine Ahnung. Wie sich herausstellte, wusste ich insgesamt wenig über meinen Mann. Stadtarzt von Speyer war er jedenfalls nur mit einem Teil seines Wesens. Eindeutig dem geringeren.

11. Oktober 1937. Abwehroffizier der Festungsinspektion VI. Betr.: Verdächtiger Wagen. An die Geheime Staatspolizei Aussenstelle Aschaffenburg. Geheim!
Der Fahrer des Wagens II D 14486 hat sich dadurch verdächtig gemacht, dass er wiederholte Male im Hahnenkammgebiet gesichtet wurde und in der Nähe von Hörstein im Sicherungsbereich anhielt und angeblich Notizen machte. Um Ermittlung wird gebeten.

SOHN Na bitte! Er wurde observiert. Flucht schien für ihn die einzige Möglichkeit, sich fortgesetzter Verfolgung staatlicher Organe zu entziehen. Ich kann das verstehen. Warum, um Himmelswillen, versteht ihn denn keiner außer mir?

EHEFRAU Wer könnte solches aushalten? Trotz aller Probleme, die ich mit Leopold hatte, liebte ich ihn. Jedoch fehlte mir jegliche Erfahrung mit seelischen Krankheiten, dergleichen war in meiner Familie nie vorgekommen. Ich hatte Hauswirtschaft gelernt, mir an der Seite eines angesehenen Arztes ein unbeschwertes Leben erträumt, mir Kinder gewünscht, selbstverständlich. Aber nicht auf diese Weise gezeugt! Ich wollte sie zu guten Menschen erziehen, sie Ordnung und Anstand lehren. Stattdessen? Um jedes alltägliche Geschehen, um jedes Wort spann Leopolds kranke Seele Netze aus Vorahnungen. Ängste plagten ihn. Es gab kein Entrinnen. Seinen Tod ertragen zu müssen wäre leichter gewesen.

Dass mein Mann bereits im Frühjahr 1938 auf Veranlassung der Polizei dem Bezirksarzt vorgestellt worden war, erfuhr ich erst ein Jahr später. Dessen Diagnose: *Sensitiver Beziehungswahn* ...

Lohr, Haus 9. MEIN ONKEL
Es mag im Frühjahr 1932 gewesen sein, als mein Onkel und ich eine längere Radtour unternahmen. Eben hatten wir die Germersheimer Schiffbrücke überquert und die jenseits gelegene Straße erreicht, als uns ein Auto entgegenkam. Ich kannte den Wagen nicht, ebenso wenig dessen Insassen. Als es aber neben uns war, streckte der Fahrer seinen Arm aus dem Wagenfenster und wies mit der flachen Hand in die Höhe. Weiter nichts! Jedoch stieg in mir ein peinliches Gefühl auf. Es schien wie eine Drohung! Ach was, Gespenster, dachte ich und unterdrückte das Gefühl, um mich ganz dem Genuss einer frohen Fahrt hinzugeben.

Abends logierten wir in einem einfachen Gasthaus, morgens setzten wir die Fahrt fort. Nach etwa einer Stunde krachte es. Ich stieg ab und stellte fest, das Pedal am Rad meines Onkels war abgebrochen. Seltsam, äußerst seltsam! Ich betrachtete das Pedal genau und musste zu meiner Verwunderung feststellen, dass es nicht etwa, wie üblich, an seiner Ansatzstelle, also der Kurbel gerissen war, sondern innerhalb der Pedalachse selbst. Nach etwa einstündigem Fußmarsch gelangten wir an eine Reparaturwerkstätte, welche ein neues Pedal anbrachte. Die Peinlichkeit meiner Empfindung nahm aber dermaßen zu, dass ich erwog, die Tour abzubrechen. Jedoch war das Wetter herrlich, und abgesehen von diesem nicht zu unterdrückenden komischen

Gefühl befand ich mich in ausgelassener Stimmung. Du alter Miesmacher, schimpfte ich mich selbst, musst du denn immer schwarzsehen?

Also setzten wir die Fahrt fort, machten in einem kleinen Ort, etwas 25 km vor Freiburg Halt, um in einem Gasthaus zu übernachten. Dort ersuchten wir um einen sicheren Unterstand für unsere Räder, nahmen Platz in der Wirtsstube, aßen und tranken, allein am Tisch sitzend.

Plötzlich fragte ein besserer Herr im Alter von etwa 30 Jahren, ob er sich zu uns setzen dürfe. Wir bejahten. Er erzählte uns, er sei Motorradfahrer, habe einen Unfall erlitten und sei gestürzt; das Rad sei zertrümmert, er selbst aber ohne ernstliche Verletzung davongekommen. Immer und immer wieder schilderte er den Unfall. Wir erzählten ihm, welche Strecke nach Freiburg wir am anderen Tag zu nehmen gedachten und gingen zu Bett. Wieder war das peinliche Gefühl da, aber ich verschlief es, und am anderen Morgen bestiegen wir fröhlich unsere Stahlrösser. Jedoch entschieden wir uns spontan, einen anderen Weg zu nehmen, als wir gestern geplant hatten, fuhren singend und jubilierend in einen prachtvollen frischen Tag hinein, alles Peinliche vergessend.

Gegen Freiburg fiel das Gelände stark ab, ich ließ mein Rad sausen, mein Onkel kam langsamer hinterdrein. Als die Kraft des Schwunges nachließ, setzte ich die Fahrt gemäßigter fort, mich häufig nach dem Onkel umblickend. Jedoch niemand kam. Angst stieg in mir auf, die drohende Armbewegung des unbekannten Autofahrers, das zerbrochene Pedal, die Schilderungen des Unfalls standen furchtbar vor meiner Seele. In rasender Fahrt drehte ich um, und als ich die Rechtsbiegung der Straße geschafft hatte, stockte mir der Atem. Auf halber Bergeshöhe stand ein Auto, zwei Männer in SA Uniform daneben, von meinem Onkel und

46

seinem Rad keine Spur. Mit letzter Kraft raste ich den Berg hinauf und sah, am Auto angekommen: das Rad des Onkels zertrümmert im Straßengraben, meinen Onkel, bewusstlos, mit Blut bedeckt daneben. Ich sprang vom Rad, hob meinen Onkel in sitzende Stellung. Er lallte benommen.

Nach ersten Hilfsmaßnahmen stellten sich beide Herren als Ärzte vor!!! Um meinen Onkel hatten sie sich jedoch nicht gekümmert. Ich ersuchte sie, weiterzufahren und mir einen großen Wagen zu schicken, damit ich den Onkel und die Räder aufladen könne. Die Herren fuhren ab und sandten uns das Gewünschte. Beim nächsten Arzt ließ ich meinen Onkel, der inzwischen das Bewusstsein wiedererlangt hatte, richtig verbinden und gab dem Wagenführer den Auftrag, uns so schnell als möglich nach Speyer zu bringen.

Mein Zustand war unbeschreiblich. Fieberhaft arbeiteten meine Gedanken! Zweifellos war ein Attentat auf meinen Onkel geschehen! Und das in meinem eigenen deutschen Vaterlande! War so etwas möglich?

Das von mir sorgfältig bewahrte zerbrochene Rad trug ich zu der Speyrer Radfahrhandlung Stiller und zeigte auf die Feilstelle. Jedoch mit äußerst verdächtigem Eifer wehrten alle Techniker ab: Keine Spur! Keine Spur! Das sei nur gebrochen! Ich glaubte es schon damals nicht, und heute lache ich über ihre im Auftrag geäußerten Lügen.

Das Attentat war die Strafe dafür, dass wir, mein Onkel und ich, es gewagt hatten, Hitler, das heißt die alleinseligmachende Kirche irrezuführen, indem wir einen anderen Weg wählten, als wir dem Weinstubenbefehlshaber gegenüber angegeben hatten.

EHEFRAU Bald nach seiner ersten Untersuchung – wie mir später klar wurde – überreichte mir Leopold einen Brief, und bat mich darum, diesen, falls es eines Tages ganz schlimm mit ihm komme, einem Kollegen auszuhändigen. Er spüre irgendetwas. Leider besitze ich diesen Brief nicht mehr. Ich vernichtete ihn – übrigens unbesehen – wie weiteres, von dem ich fürchtete, es könne eines Tages gegen meinen Mann Verwendung finden. Leider hat er mir das nie geglaubt und es dann in Lohr so weit auf die Spitze getrieben, zu behaupten, ich, seine Frau, sei es gewesen, die ihn anzeigte, um zu verhindern, dass er nach Russland auswandere. Ein Alptraum!

Dazu könnte ich noch vieles sagen. Aber das geht niemand etwas an, und ich möchte mich hier auf das Wesentliche beschränken. Auf alle Fälle war es – jedenfalls noch in der Zeit – günstiger, die Frau eines Geisteskranken zu sein als die eines Reichsflüchtlings oder gar Widerständlers. Das hätte mich in noch ärgere Bedrängnis gebracht, Verhören ausgesetzt.

Im April 1938 stellte Leopold endlich sein Aufbegehren gegen die Kündigung ein, wir verließen Speyer und zogen nach Aschaffenburg, wo wir zunächst in einer kleinen Wohnung in der Nähe einer Villa aus Wagnerschem Familienbesitz unterkamen. Dort gedachte Leopold – nach diversen Umbauten und ohne Kassenzulassung – eine neue Praxis einzurichten. Völlig absurd! Den größten Teil seiner Wertgegenstände – ich hatte nicht die leiseste Ahnung, worum es sich dabei handelte – ließ er bei einer Transportfirma einlagern.

Trotzdem setzte ich auf diesen Neuanfang! Einen Monat vor unserem Umzug hatte ich mein fünftes Kind, unsere Tochter Karla, geboren. Wir hatten freundliche Nachbarn, besaßen ein Auto mit Anhänger. An meine Mutter in Hamburg schrieb ich, dass hier alles in guter Ordnung sei, hier, in Aschaffenburg kenne nicht jeder Leopolds Vergangenheit. Fünf Jahre waren verstrichen seit seiner Verurteilung.

Aschaffenburg, den 27. August 1938
Sehr geehrter Herr G.
Ich muss zur Kenntnis nehmen, dass meine Kinder schlechte
schulische Leistungen aufweisen. Bei der gänzlichen intel-
lektualen und was noch weit schlimmer ist auch sonstigen
Minderwertigkeit meiner Ehefrau kann man von den Kin-
dern nichts Besseres erwarten. Wollen Sie die Freundlichkeit
haben, meine drei Halbidioten mit Schulbeginn trotzdem
zu unterrichten?
Mit freundlichen Grüssen ergebenst, Dr. L. Wagner

EHEFRAU Was dann, etwa ein halbes Jahr später geschah,
lag ja jenseits jeden Vorstellungsvermögens. Am 29. September 1938 verabschiedete sich mein Mann, Dr. Leopold
Wagner, pöbelnd und randalierend aus der Zivilisation.
Leider, wie sich dann ja herausstellte, für die Dauer seines gesamten weiteren Lebens. Zum Glück spielte sich die
hässliche Szene – er soll zwei Beamte der Steuerfahndung
beschimpft und anschließend unter Anwendung von Gewalt aus dem Haus geworfen haben – nicht vor mir und den
Kindern ab, sondern in seiner zukünftigen Praxis, in der
er sich mehr und mehr vor uns verkroch, wenn er nicht in
Hotels abstieg oder bei seinen leiblichen Eltern und seiner
Schwester in Alzenau. So blieb uns wenigstens eine Zeu-
genschaft sowohl dieses Vorfalls, als auch der daraufhin
erfolgten Verhaftung erspart. Und auch alles weitere, was
sich in den folgenden neun Wochen abspielte – vorüberge-
hende Freilassung, Verwarnung, Einholung amtsärztlicher
Gutachten –, kam mir erst viel später zu Ohren. Die Nachricht von seiner Einweisung in die Heil- und Pflegeanstalt
Lohr überbrachte mir eine Nachbarin.
    Es war der 2. Dezember 1938, ein grauer Tag, ich stand
am Herd und verrichtete meine Hausarbeit ... Noch heute

kommen mir die Tränen, wenn ich an jenen Tag zurückdenke.

Viele Menschen aus der Nachbarschaft hatten Mitleid
mit uns, boten ihre Hilfe an, aber auch Häme bekamen wir
zu spüren. Leopold war hier nicht beliebt. Das Schlimmste
aber waren die scheelen Blicke auf meine Kinder. Ob die
nicht vielleicht auch ... schlechtes Erbgut und so weiter.
Alle Fünf, auch noch die Jüngste, kamen als ganz normale
Kinder eines angesehenen Arztes auf die Welt und trugen
plötzlich das Mal eines Irren an ihren kleinen Stirnen.

Aschaffenburg, den 12. Oktober 1938
VERWARNUNG: Ich wurde heute von der Geheimen Staats-
polizei Aschaffenburg wegen meines staatsabträglichen
Verhaltens entsprechend belehrt und ernstlich verwarnt. Es
wurde mir eröffnet, dass von einer Anzeigenerstattung und
Inschutzhaftnahme nur auf Grund meiner persönlichen
und familiären Verhältnisse Abstand genommen wurde.
Ich wurde weiter belehrt, dass ich bei dem nächsten staats-
abträglichen Verhalten mit meiner neuerlichen Festnahme,
Einschaffung in ein Konzentrationslager oder einer sonsti-
gen Anstalt auf längere Zeit zu rechnen habe. Dr. Wagner.

SCHWIEGERTOCHTER Und alles direkt vor Weihnachten!
Wenn ich mich in Cordulas Lage versetze ... die Hölle!
Manchmal denke ich, dass wir alle ihr vielleicht doch Un-
recht ...

SOHN Schweig!

EHEFRAU Selbst meine Mutter stellte mir in ihrem Brief,
der umgehend als Antwort auf meine Hiobsbotschaft eintraf, die Frage, was denn nun eigentlich mit meinen Kin-

dern sei, und warum sie so schlecht lernten. Ich musste für meine Fünf kämpfen wie eine Löwin! Ihretwegen trat ich täglich einen »Gang nach Canossa« zu Ämtern und Behörden an. Selbstverständlich wurde ich auch in Lohr vorstellig. Jedoch konnte oder wollte mir dort zunächst niemand sagen, warum Leopold eingeliefert worden sei und schon gar nicht, ob er wieder entlassen werde. Das entscheide alles die Regierung, hieß es. Ich durfte ihn weder sehen noch mit ihm sprechen. Er sei *nicht vernehmungsfähig, gemeingefährlich, verstieße gegen die sittliche Ordnung.*

SOHN Gelogen! Alles gelogen! Kein einziges Mal hat Mutter ihn besucht! Wenn es nach ihr gegangen wäre, wäre ihr Mann in Lohr verreckt wie ein Hund! Ein Skandal!

EHEFRAU Allein die Frage nach Zuständigkeit, was die Übernahme seiner Pflegekosten betraf, ein Possenspiel! Leopold hatte weder sich, geschweige denn uns, mich und seine Kinder, polizeilich in Aschaffenburg gemeldet.

In der Not meines Herzens schrieb ich dem damaligen Lohrer Direktor, Dr. Stoeckle, einen langen Brief, selbstverständlich mit der Bitte um strengste Geheimhaltung. Er, so dachte ich, müsse doch wissen, dass jedem Menschen Grenzen gesetzt sind, was seine seelische Belastbarkeit anbelangt. Nicht allein meine Arbeitskraft war durch ständiges Grübeln über die völlig ungewisse Zukunft meiner Familie auf ein Minimum geschrumpft, nein, die Schwungkraft meines gesamten Wesens war in Gefahr. Ich wusste nicht mehr ein noch aus. Wer, zum Beispiel, hatte Anspruch auf das Geld, das Leopold bei seiner Einlieferung bei sich trug? Und so fort. Stoeckle gab mir den Rat, mich, was eine mögliche finanzielle Unterstützung betraf, zunächst an die Fürsorgestelle der Reichsärztekammer zu wenden. Doch was waren deren 220 RM, gemessen an dem, was ein Haushalt mit fünf Kindern verschlingt?

Hamburg, den 6. Juli 1939
Werter Herr Dr. Stoeckle!
... Diese Zuwendung bedeutet für mich eine große Erleichterung, welche ich in der Hauptsache Ihnen zu verdanken habe!
Mit deutschem Gruß, Heil Hitler! Cordula Wagner

EHEFRAU Wenn ich damals geahnt hätte, dass Leopold nie genesen, ich ihn niemals wieder in meine Arme würde schließen können, wäre ich zerbrochen. Es war und ist eine Gnade, dass man nicht in die Zukunft sehen kann. In gewisser Weise wuchs ich sogar an meinen Anforderungen und neuen Aufgaben – Tag für Tag.

Lohr am Main, den 14. Juli 1939
ÄRZTLICHES GUTACHTEN *Es handelt sich bei Wagner nicht um den so genannten Querulantenwahn, bei dem das Hauptsymptom das fortgesetzte Weitertreiben von Beschwerden gegenüber Behörden ist, sondern um das Bestehen einer schizophrenen Erkrankung, bei der die Persönlichkeit bisher noch leidlich gut erhalten ist. Doch besteht auch hier die Gefahr der Versandung und Abkapselung gegen die Außenwelt. Charakteristisch hierfür ist auch der Mangel an Interesse am Ergehen seiner Familie und die Lieblosigkeit, mit der Dr. Wagner von Frau und Kindern spricht, und die völlige Einsichtslosigkeit gegen seine Krankheit, die Saloppheit seines Benehmens. Dr. Wagner leidet an der paranoiden Form der Schizophrenie.*
Obermed. Rat Stoeckle, Direktor der Heil- und Pflegeanstalt Lohr.

EHEFRAU Wenige Tage nach Leopolds Einweisung legte man mir nahe, seiner Entmündigung zuzustimmen. Also lange bevor feststand, dass seine Erkrankung gravierender war, als zunächst angenommen. Ich lehnte ab! Trotz aller Entgleisungen war mein Mann für mich noch immer ein Gebildeter, ein Studierter. Mich quälte das ungute Gefühl, dass er in Lohr niemals einer Genesung entgegengehen würde, und ich unternahm große Anstrengungen, um seine Verlegung zu erwirken. Zunächst dachte ich an sein Elternhaus, Hanna war schließlich Krankenschwester. Umsonst!

Lohr, den 18. 12. 1940
Sehr geehrte Frau Wagner, Ihr Ehemann, Herr Dr. Wagner, leidet an der Geisteskrankheit Schizophrenie. Wir raten Ihnen nicht zu dem Versuche, Ihren Mann in die gemeinsame Wohnung zu nehmen. Er ist an sich schon wahnhaftfeindselig gegen Sie eingestellt, zudem ist er oft direkt hemmungslos, auch seine feindselige Einstellung gegen die Regierung und Partei hat er in keiner Weise korrigiert, so dass es recht unwahrscheinlich ist, dass es mit Ihrem Manne ausserhalb der Anstalt gutgehen dürfte. Nun fällt aber auch die Erkrankung Ihres Mannes unter das Gesetz zur Verhütung erbkranken Nachwuchses. Eine Entlassung wäre nur dann möglich, wenn vorher die Unfruchtbarmachung an ihm durchgeführt worden ist.
Dr. Stoeckle, Direktor der Heil- und Pflegeanstalt Lohr.

EHEFRAU Auch später, als die Nazis längst das Feld geräumt hatten, riet mir die Anstaltsleitung davon ab, Leopold nach Hause zu holen. Zum Schutz der Familie. So schlug ich mir auch mein Ansinnen, ihn in eine Privatklinik in der Nähe von Hannover zu verlegen, in der ich und die Kinder ihn von Hamburg aus leichter hätten besuchen können, wieder aus dem Kopf. Nach Feststellung des Amtsgerichts Aschaffenburg litt er nach wie vor an Schizophrenie mit Hang zu *unsittlichem Verhalten*. Bis zuletzt blieb sein Zustand instabil.

So habe ich mich im Lauf der Zeit schweren Herzens damit abgefunden, dass mein Mann unheilbar krank und die Heilanstalt Lohr tatsächlich der beste Aufenthaltsort für ihn war. Ein äußerst schmerzvoller Prozess. Es gab Tage, an denen hätte ich mich samt meiner Kinder am liebsten umgebracht. Eine Todsünde, ich weiß. Deshalb suchte ich nach meiner Rückkehr nach Hamburg auch gleich den Pfarrer auf, der mich und Leopold im Dezember 1928 getraut hatte. Ein Geistlicher in Speyer oder Aschaffenburg, Beichte und Rosenkranz wären für mich nicht in Frage gekommen. Ganz abgesehen davon, dass mich Leopold, wenn er mich je in eine Kirche hätte gehen sehen ... Ach, du lieber Gott! Aber, alle Männer sind gleich. Und böse Zungen behaupteten, ich sei es gewesen, die den Pfarrer von Eppendorf ... Der Mann hatte neun Kinder, ich hatte fünf, mein eigener Mann saß im Irrenhaus! Ich hatte andere Sorgen!

Zunächst schien es so, als springe die Fürsorge ein. Wir seien ein offenkundiger Notfall, hieß es. Und selbst wenn von dort dann nicht die geringste Hilfe kam, bedeutete allein diese Einschätzung Labsal für meine Seele. Und wenn meine Fünf ihre kleinen Ärmchen um meinen Hals legten, schienen alle Sorgen wie weggewischt. Erst später ging mir auf, dass man wohl erwogen hatte, mir die Kinder wegzunehmen und sie in ein Heim zu sperren. Auch Fahrenholz mischte kräftig mit, meldete Ansprüche an. Leopolds übles Gerede über mich schien – trotz des Bruches zwischen den beiden – bei ihm auf fruchtbaren Boden gefallen zu sein. Und er liebte die Kinder.

Also packte ich ein und riss aus. Am 31. März 1939 übersiedelte ich mit meinen fünf Kindern in mein Hamburger
Elternhaus. Leopolds wertvolle Möbel und Gegenstände
ließ ich nachkommen.

SOHN Wo ist eigentlich Vaters kostbare Schmetterlingssammlung geblieben? Mal ganz abgesehen von dem Flügel
Marke Steinway & Sons?

Mannheim, den 8. Januar 1937
RECHNUNG Alois Stegmüller, Auktionator und Taxator für
Dr. Leopold Wagner

1 Ölgemälde Kampf ums Capitol	*55,-*
1 Paravent m. Stickerei	*145,-*
1 maurischer Tisch	*80,-*
1 Service 67 Teile	*360,-*
1 Kabinettschrank, spanisch	*1800,-*
1 Gemälde Bestrafter Übermut	*103,-*
1 Bronze, Liegende Frau	*1100,-*
1 Paar Brill. Ohrringe	*395,-*
	4338,-

Obigen Betrag dankend erhalten, 8. Jan. 1937,
gez. Alois Stegemann

NICHTE Meine arme Tante Cordula! Auch wenn meine
Mutter und sie sich später wegen der Erbschaft überwar-
fen, als sie Anfang April 1939 mit ihren blassen Kindern
in Hamburg eintraf, tat sie mir leid. Niemals hätten meine
Großeltern ihre Einwilligung zu dieser Hochzeit gegeben,
wenn sie geahnt hätten, wie verrückt dieser Dr. Leopold
Wagner war. Dass ihre zweite Tochter mit ihm in die Ferne

zog, war für sie schon schlimm genug – Speyer, überhaupt der südliche Teil Deutschlands, ein anderer Stern –, doch was dann kam! Mitte der Dreißiger Jahre Inhaftierung wegen Beleidigung eines Fraktionsvorsitzenden der NSDAP, Ende 1938 Einlieferung in die Heil- und Pflegeanstalt Lohr. Wie gut, dass mein Großvater bereits 1936 starb, der hätte sich die Kugel gegeben.

Setze Dich! So lautet der erste Satz des Briefes, mit dem meine Tante ihrer Mutter Kenntnis von der Einlieferung ihres Mannes in eine Heilanstalt gab, und traf am 6. Dezember 1938 in Hamburg ein. Also an einem Nikolaustag. Nie werde ich diesen Tag vergessen, obwohl oder vielleicht gerade weil ich noch ein Kind war. Und auch nicht das Gesicht meiner Großmutter, nachdem sie ihn gelesen hatte. Da war eine Welt eingestürzt. Vollständig zur Kenntnis genommen habe ich diesen Brief erst vor wenigen Jahren, entdeckt im Nachlass meiner Mutter. Wie noch weitere Briefe Cordulas aus dem Winter 1938/39. Von Kind an eifersüchtig auf ihre hübschere jüngere Schwester hat sich meine Mutter diese Korrespondenz nach Großmutters Tod offenbar unter den Nagel gerissen.

Äußerst gefasst, beinahe kalt, muten viele ihrer Zeilen an. Auf die von Großmutter anscheinend mehrfach gestellte Frage, wie es um sie stünde, wie sie das alles aushielte, erging lediglich die Antwort, es sei doch offenkundig, dass sie und die Kinder litten, wozu also solle sie kostbare Zeit mit Klagen verschwenden. Manchmal kehrte sie aber auch die Heitere raus: *Jetzt pfeife ich mir eins und leg mich schlafen.* Wahrscheinlich spaltete sich ihr Bewusstsein von allem ab, sonst hätte sie wohl nicht überlebt. *Es ist spät und grübeln hat auch keinen Zweck.*

Selbstverständlich hat sie auch um Geld gebettelt. Aber immer hinten herum. Doch nur, wenn es wirklich gehe …,

Großmutter sich nicht zu sehr einschränken müsse ... Aber stattdessen brachte die alte Frau in Hamburg Unmengen von Lebensmitteln auf den Weg. Meine Vettern und Cousinen müssen geplatzt sein! Später allerdings ... Schwamm drüber!

Nach Ankunft in Hamburg zunächst also pure Bewunderung! Von allen. Cordula, die Heldin, die vor nichts zurückschreckte, Vormünder und Behörden austrickste, auf keinen Pfennig, der ihr und ihren Kindern zustand, verzichtete. Hautnah bekam ich alles mit. Als Kind bekommt man überhaupt viel mehr mit als Erwachsene meinen. Stimmungen, Atmosphäre. Allerdings auch jede Verstimmung. Der Streit zwischen den Schwestern entbrannte bald, wir, meine Mutter, mein Vater und ich, mussten das Feld räumen. Platz für so viele bot selbst die große Eppendorfer Villa nicht. Und die Aschaffenburger waren ganz eindeutig die Bedürftigeren.

Ein Jammer eigentlich, dass Cordula ihren Kindern – auf Grund der schlimmen Verhältnisse – letztlich doch keine standesgemäße Erziehung hat angedeihen lassen können. Keines von ihnen schaffte den Sprung auf die Universität. Nur Lorenz machte, nach zwei Anläufen, das Abitur. Immerhin – und das ist die Hauptsache – vererbte sich die Krankheit des Vaters nicht. Lorenz' schwache Symptome – Misstrauen, Streitsucht, fixe Ideen – sind im Vergleich zum Verfolgungswahn seiner Vaters reine Bagatellen.

Unmittelbar nach dem Kennenlernen auf Sylt hatte Onkel Leopold, wie irgendwann durchsickerte, ein Berliner Detektiv-Büro damit beauftragt, Auskünfte über das Geschäft seines Schwiegervaters, dessen Familie, vor allem aber über seine spätere Ehefrau einzuholen und erst, als man ihm grünes Licht gab – das heißt, ihm ihre Jungfernschaft garantierte – seinen Heiratsantrag gestellt. Völlig abstrus. Und damit nicht genug. Auch noch eine *Treueerklä-rung* musste seine Braut ihm unterschreiben, des Inhalts, in allen Lebenslagen, was auch kommen möge, voll und fest zu ihm zu halten. Als Bedingung für die Heirat. Die hatte sich was eingebrockt mit ihrem Doktor! Hätte doch lieber meinen Vater ... Aber der war ihr nicht reich genug. Wie kann man sich nur von vorneherein bis in alle Ewigkeit so absichern wollen, wer rechnet denn am Beginn einer Liebe mit deren Gegenteil?

August 1935, Berlin
Sehr geehrter Herr Doktor,
die befragten Stellen waren der Ansicht, dass es sich bei Ihrem Verdacht gegen Ihre Ehefrau lediglich um ein mehr oder minder übles Gerede handelt. Alle Nachforschungen wurden unter strengster Verschwiegenheit durchgeführt (Ihr Name ist nicht zur Kenntnis der ausführenden Organe gelangt).
Mit deutschem Gruß! Welt-Detektiv, Auskunftei.

Nichte Später soll Onkel Leopold dieselbe Detektei auf die Lehrer seiner Kinder angesetzt haben, um herauszufinden, welcher Konfession sie angehörten. Als Altkatholik und Papstgegner hatte er zeitlebens Pius XI. und XII. und die römisch-katholische Kirche im Visier und führte einen erbitterten Kampf gegen sie. Also nicht allein gegen die Nazis! Kurz und gut, eigentlich hätte Cordula drei Kreuze schlagen können, als ihr sonderbarer Gatte endlich hinter Schloss und Riegel saß.

Mein Cousin Lorenz hat sich, wenn man das schwere Erbe berücksichtigt, prächtig entwickelt. Daran hat allerdings seine Frau Charlotte erheblichen Anteil.

SOHN Am 2. Dezember 1938 – wenige Monate vorher war ich sechs Jahre alt geworden und in die Schule gekommen – ging mein Leben zusammen mit dem Leben meines Vaters zu Bruch. Das Datum habe ich, wie alles andere auch, erst später herausgefunden. Egal. Mit einem Schlag war meine Kindheit, überhaupt alles, was vorher gewesen war, ausgelöscht, getilgt, tot. Jedes Vertrauen zerstört. Heute würde man sagen, ich war traumatisiert. Kinder, deren Väter plötzlich verschwinden, sind traumatisiert. Von da an bin ich nur noch mit der einen Frage herumgerannt: Was ist los? Denn es war ja nicht allein der Verlust meines Vaters, sondern vielmehr die Tatsache, dass mich niemand darüber aufklärte, was mit ihm geschehen, ob er ganz plötzlich krank geworden, verunglückt, vielleicht schon tot, oder wenn nicht, wo, noch am Leben sei. Wenn ich dabei gewesen wäre, als sie ihn holten, wenn ich die Kerle gesehen, mich an Vaters Mantel oder Rucksack hätte klammern können, wäre alles nur halb so schlimm gewesen. Aber so ... Plötzlich war er weg – und von Mutter kein Wort! Sie hat uns um unseren Vater betrogen. Nicht allein die Nazis. Erklärungen, ihr Schweigen sei zu unserem Besten gewesen – Gerede der Nachbarn, unwertes Leben, familiäre Belastung, vielleicht auch seine Kinder ... – greifen bei mir nicht. Und bis heute habe ich keine Antwort auf die Frage gefunden, warum ein Mensch wie Vater so leiden musste? Er hat niemand etwas zu Leide getan.

Hamburg, den 4. April 1943
Meine liebe Hanna, wann bekommst Du Urlaub? Wir möchten die Reise nach Alzenau danach einrichten, da ich ungern allein aus dem Haus gehe. Dann möchte ich auch nicht, dass die Kinder zu frühzeitig etwas über Leopolds Aufenthalt erfahren, was schon durch Nachbarn geschehen

könnte, sie verstehen es noch nicht und in ihrer Dummheit
plappern sie mit. Es geht ihnen soweit gut, sie haben viel zu
tun. Ich selbst bin beim gründlichen Reinemachen.
Heil Hitler! Cordula

Sohn Schon Mitte der Dreißiger brachten die Nazis meinen Vater zur Strecke. Auch mit Hilfe ständiger Indiskre-
tionen seiner Ehefrau. Ein Brief an seinen Vormund vom
Januar 1939 belegt, in welcher Weise sie gegen ihn vorgin-
gen. Mit fiesesten Mitteln! Es hätten ihn, schrieb er, Auf-
forderungen erreicht, sich als Leibarzt Hitlers zu bewerben, seine Frau wegen Verblödung ins Kloster zu stecken
und statt ihrer ein Fräulein Neumann zu heiraten, die ein
Kind von Adolf Hitler hatte. Alles *Clowniaden*, wie er sagte, um ihn lächerlich zu machen. Auf die Weise sei ihm die
Anstellung als Bezirksarzt in München durch die Lappen
gegangen. Denn dort habe man ihn beim angeblichen Vor-
stellungsgespräch mit Spottnamen wie *Madame Kaspar,*
Moritz und *Dummer August* begrüßt.

Aschaffenburg, August 1938
Sehr geehrter Herr Kollege! Sie scheinen zu zögern, den
Ihnen überlassenen Ehering einzuschmelzen oder zu ver-
äußern. Ich beehrte mich, Ihnen mitzuteilen, dass ich diesen
Ring nie mehr tragen werde. Hitler hat meine Ehefrau zum
Meineid gegen mich veranlasst. Diesem verdanke ich die
einzige große Niederlage meines Lebens, zugleich mit dem
Verlust meines Lebenszieles, der Bezirksarztstelle München
Stadt. Sie werden es mir nachfühlen können, dass eine der-
artige Belastung von keiner Ehe getragen werden kann.
Mein Scheidungsantrag wie auch mein Emigrationsantrag
scheiterten.
Mit freundlichen Grüssen, ergebenst Dr. L. Wagner.

SOHN Vater war am Ende, dachte an Selbstmord! Warum sonst hatte er schon in seinem 1936er Testament alles für seine Beisetzung geregelt: Verbrennung im Mannheimer Krematorium, Ausstreuung seiner Asche von der neuen Speyerschen Rheinbrücke aus. Nur wenn das nicht möglich sei, wollte er sich mit einer Überstellung seiner Urne ins Familiengrab Alzenau zufriedengeben. Er wünschte keine Traueranzeigen und gestand seiner Ehefrau die Teilnahme an der Feier nur unter der Bedingung zu, dass sie keine Trauerkleidung anlege. Grabinschrift: *Leopold Wagner, 1888–1936, Veritati!* Sätze eines besonnenen, völlig klar denkenden Mannes. So etwas schreibt kein Irrer!

30. März 1939
Geheime Staatspolizei Aschaffenburg an die Geheime Staatspolizei Frankfurt
Ein Strafverfahren gegen Dr. Wagner konnte nicht eingeleitet werden, weil Dr. Wagner auf Grund einer Untersuchung durch das Staatl. Gesundheitsamt Aschaffenburg für geisteskrank erklärt wurde. Am 2. Dezember 1938 wurde er in die Heil- und Pflegeanstalt Lohr eingeliefert ... Ich bitte festzustellen und anher mitteilen lassen zu wollen, ob Dr. Wagner bei einer Bank in Frankfurt a. M. einen Tresor gemietet und evtl. welche Vermögenswerte er darin hinterlegt hat. Wiedervorlage am 1.5.1939. Warmuth.

SOHN Wer verpfiff Vater eigentlich an die Gestapo?

RECHTSANWALT Wir hatten Erfolg. Mein nach dem *Gesetz zur Wiedergutmachung nationalsozialistischen Unrechts an Angehörigen des öffentlichen Dienstes* beim Bayerischen Entschädigungsamt eingeleitetes Verfahren erzielte immerhin einen Vergleich. Die meinem Klienten und Alleinerben ausgezahlte Summe spielt hier keine Rolle. Es ging um Dienstbezüge, die Wagner von 1934 bis 1950 zugestanden hätten aber nie an ihn gezahlt worden waren. Die Antwort auf zwei von mir eingeleitete Petitionen an den Bayerischen Landtag und den Deutschen Bundestag zur Aufhebung der Entmündigung posthum steht noch aus. Es ist durchaus nachzuvollziehen, dass Lorenz Wagner sich und seine Familie von dem Makel »Geisteskrankheit« befreit sehen will. Wobei, seien wir ehrlich, auch die Aussicht, infolge dieser Aufhebung noch weitere finanzielle Erfolge einfahren zu können, Triebfeder seiner rastlosen Nachforschungen sein mag. Eine Rehabilitation könnte sich durchaus als »Sesam öffne dich!« für Entschädigungen erweisen, die die Schweiz – wenn entsprechende Beweise vorliegen – für während der Nazizeit eingefrorene Konten auszahlt.

Das Gutachten von 1938, ich sagte es bereits, erwies sich jedenfalls in jeder Hinsicht als Bärendienst, ruinierte nicht nur das Leben eines Mannes, sondern auch das einer ganzen Familie. Jeder hier wurde, auf seine Weise, Opfer nationalsozialistischer Gewaltherrschaft.

INSASSE Wir Glücklichen! Wir blieben am Leben. Ich, weil ich Leos Kamerad und außerdem … Geheim! … die Geliebte des Führers war. Doswidanje! Das ist Russisch. Wir, mein Kamerad und ich, lernten ja Russisch in Lohr. Er wollte doch eigentlich nach Moskau, bis zuletzt schwärmte er davon. Hat bloß nicht geklappt. Hatte zwar schon seinen Rucksack gepackt, aber statt dessen …

Natürlich waren sie zu zweit vorgefahren, die Ganoven, das beliebte Spiel, auch zur gegenseitigen Observation. In schwarzen Mänteln und Hüten. Hatten Köder ausgelegt, ein paar harmlose Vorwürfe als Herausforderung, Wut geschürt, Aggressionen angestachelt, Pöbelei in Kauf genommen, und dann, es lief geradezu ideal, eine kleine Handgreiflichkeit! Schwupp – und weg war er! Vom Fenster der so genannten Zivilisation. Von da ab nur noch eine Nummer, eine Krankengeschichte, eine Akte. Doswidanje! Bis zum nächsten Mal! Wer weiß, ob man nicht wieder auf die Welt kommt, und dann ist es in Russland vielleicht wirklich schön. Hitler? Der könne ihn mal am Arsch lecken, hat Leo immer gesagt. Samt dem Papst. Hätte er wohl gern gehabt! War aber leider meine Domäne ... Wie haben wir uns gestritten! Ständig flickte er meinem Adolf am Zeug herum, alles, was er sage, sei Irrsinn, der ganze Mann von Kopf bis Fuß ein Vollidiot und der Krieg von vornherein verloren. Das konnte ich natürlich nicht dulden, ich, dessen ... ob's stimmt? Egal, ich wär's jedenfalls gern gewesen! Fand ihn total geil, mit seinem schrägen Scheitel und angeklebtem Schnurrbart – das kleine Luder! Ein rattenscharfes Foto von ihm klebte in meinem Spind.

Auch auf der Frauenstation gab's welche, die ganz wild nach ihm waren. Aber nix da, der gehörte mir. Das hab' ich den Mädels ganz offen gesagt – und jedes Mal eins auf die Rübe, klar! Jede Liebe hat ihren Preis. Zu schade, dass er uns kein einziges Mal besucht hat. Reiste doch sonst wie wild in seinem Tausendjährigen Reich herum. Hätte uns *Unwerten Leben* doch wenigsten einmal in die blauen Augen ... Vielleicht Skrupel gehabt? Bis tief in die finstere Seele hätten wir ihm ... Leo wäre die Wände hochgegangen – vor Abscheu!

Ja, wir hatten auch richtig Zoff! Im großen und ganzen jedoch harmonierten wir. Unsere Briefmarkensammlung, ein wahrer Traum! Ich bin sicher, der Pfleger Rauch hat sie sich nach Leos Tod unter den Nagel gerissen, ehe das Briefbombardement des gierigen Lorenz losbrach. Der spionierte ja jeder Unterhose seines Vaters nach. Forderte Listen und Nachweise. Selbst darüber, wie oft seine Mutter ihren kranken Ehemann besucht, ob sie ihm je Päckchen und wenn ja welchen Inhalts geschickt hat. Persönlich noch einmal aufzukreuzen hat er sich nicht getraut! Die paar Male, die er da war, haben ihm wohl gereicht. Hatte wohl Schiss, dass man auch ihn gleich da behielte und schwupp in die alten Klamotten seines Vaters ... Hätten ihm gepasst, und einen Vogel hat er auch. Aber genau das will er sich nicht eingestehen. Posaunt herum, dass Leo keinesfalls verrückt war, nur, um selbst nicht verrückt zu sein. Erbfolge. Wie bei den Nazis. Vollidiot auf dem Holzweg. Aber schlau! Den Vormund ausgetrickst und sich über eine Hamburger Rechtsanwältin Leos Nachlass per Fracht nach Hamburg bestellt. Hinter dem Rücken der Mutter. Zwei Kisten voller Bücher und Lumpen, das war's. Lexika, Goethes *Faust*. Und natürlich die Russischhefte. Fünfzig ungefähr. Stellt euch vor. Ein super Nachlass!

Dabei stammten Leos fünf Kinder wahrscheinlich gar nicht von ihm. Seit einer Scharlacherkrankung in Jugendjahren, war sein Schniedel nämlich verkrüppelt, und er machte es allen Weiber mit Tannenzapfen, ohne dass je eine kapierte, woher der Wonnestoß kam. Auf die Weise brachte er sogar die Ehefrau des Regierungspräsidenten von Speyer zum Überlaufen. Die muss geradezu versessen auf ihn gewesen sein, hätte ihm am liebsten auch noch die eigene Tochter ... Aber die Scheeläugige war Leo zuwider.

Überhaupt war er ein begnadeter Geschichtenerzähler. Welch eine Fantasie, welch ein Humor! Außerdem musisch. Sehr begabt. Auch zwischen uns spielte sich trotz seiner Behinderung Himmlisches ab. Nur keine Details, sonst bekämen die alten Damen hochrote Köpfe. Bei uns Verrückten geht's nämlich zur Sache! Wir reden nicht lange um den heißen Brei – und kennen überhaupt kein Pardon.

Seht, wie er mir zunickt. Selbst wenn ihr ihn nicht sehen könnt.

Man wird jemand, man ist, nur dadurch, dass ein anderer einen wahrnimmt, spiegelt, liebt! Auf einen eingeht, sich der eigenen Sorgen und Nöte annimmt. Ich war ein Nichts, ein Niemand. Meine Eltern waren früh verstorben, ich liebte den Führer – von irgendwoher musste das Heil doch kommen –, und das war streng verboten. Also sackten sie mich ein. Ich war jung – und am Ende. Vollkommen allein. Dann kam Leo! Groß und breit und nahm sich meiner an, gab mir eine Identität, das heißt, das Gefühl, wichtig, gebraucht – überhaupt jemand zu sein. Niemand sonst, außer ihm, brauchte mich. Die Ärzte redeten zwar mit mir, gaben mir Spritzen – aber sie brauchten mich nicht. Leo sagte: Komm her! und dann ging's los. Wir waren verrückt – völlig frei! – taten, wonach uns der Sinn stand. Und lauschige Plätzchen, Keller, Boden, Scheunen, gab es in Lohr genug. Leo verfluchte den Führer, ich betete ihn an – und wir liebten uns. Verkrüppelter Schniedel hin, Hilfswerkzeuge her.

Als der braune Wind dann heftiger blies, und man unsereins – zur Rettung der *Rassenreinheit* – ohne viel Gefackel in den Ofen schob, hat Leos braune Schwester wohl ein Machtwort riskiert. Das hat mit dem, was sich dann am 3. August 1959 auf dem schmalen Weg im Stubaital abspielte, nicht das Geringste zu tun. Das ist ein völlig anderes Paar Schuhe.

Während seiner Münchener Zeit, als junger Arzt im Garnisonslazarett, hat Leo angeblich einem Luder aus der Milchwirtschaft ein Kind gemacht. Nicht einmal die, obgleich äußerst erfahren, hat kapiert, dass dieser Mann sozusagen ohne Standbein war und es – wenn überhaupt – nur mit Sanitätsgefreiten trieb. Seinen süßen Ferdinand hatte es in Frankreich direkt neben ihm weggepustet. Den Goldjungen. Das machte Leo noch lange zu schaffen.

Nachträglich wurde ihm für seine große Tapferkeit ein oberbayerischer Orden verpasst und ein paar Mark ausgezahlt, wovon er sich den Mantel kaufte, in dem er zu Tode kam. Einen Todesmantel, statt festem Schuhwerk. Mit ausgetretenen Latschen in die Berge! Aber auch mit den besten Stiefeln wäre er nicht heimgekommen – Hannas Pläne waren unumstößlich. Dafür hat sie manch einer schon während des Tausendjährigen Reiches gehasst.

Um seiner Ehre willen hat Leo bis an sein Lebensende für dieses angeblich eigene Münchner Kind, diesen doppelten Bastard, bezahlt. In seinen ersten Speyerer Jahren, noch unverheiratet, beim Bürgermeisteramt sogar um Kinderzulage für ihn ersucht und ihm in seinem 1936er Testament immerhin zweitausend Reichsmark zugedacht. Auch wenn der Arme gewiss nie einen Pfennig davon sah. Denn wer hätte gewusst, wo er abgeblieben war und ihm – wenn man es gewusst hätte – die Summe gegönnt? In der Familie Wagner gönnt keiner dem anderen auch nur einen Pfennig. Da kratzt jeder dem anderen die Augen aus.

In besagtem Testament hat Leo seine eiserne Prinzessin Cordula enterbt, die mächtige Hanna zum Vormund seiner fünf – angeblich eigenen Kinder – gemacht und diese – unter der Voraussetzung, dass sie niemals eine katholische Schule besuchten oder zum katholischen Glauben übertraten – als Universalerben eingesetzt. Ich kenne alle Details. Wir hatten viel Zeit.

Cordula wusste von seiner Verkrüppelung, ging aber trotzdem die Ehe mit ihm ein, weil Leo eine glänzende Partie war. Ein Kerl! Etwas ganz anderes als ein Hamburger Teppichhändler. Stadtarzt von Speyer! Man bedenke. Ein paar Mal tauchte sie in Lohr auf, vergoss Tränchen, machte Geschrei. Und das war's dann auch. Leo war jedes Mal froh, wenn sie wieder weg war. Eine Evangelische. Ihm zuwider.

Alle Ehen zwischen Katholiken und Protestanten werden vom Papst und seiner Kirche hinterlistig eingefädelt – und dann hart bestraft. Hat Leo gesagt. Es gibt kein Entrinnen. Auch er tappte in die Falle, wie schon seine gesamte Familie. Seit Generationen eingesponnen ins Netz dieser entsetzlichen Intrige.

Mit Leos Einverständnis zeugte Cordula die fünf Kinder mit ihrem Schwager, Heinrich von Priem, einem Hamburger Lackaffen, auch Arzt und einige Jahre in Offenburg niedergelassen. Von Speyer aus ein Katzensprung. Den hätte Cordula ja am liebsten ihrer Schwester Paula weggeschnappt, wäre er im Vergleich zu Leo nicht völlig mittellos gewesen.

So tarnte mein armer Kamerad seine Verkrüppelung wie auch anderweitige Neigung perfekt. Ach, was für eine Sau der war! Unersättlich. *Perverser Eunuch*, nannte er sich selbst. Trotzdem lief er natürlich nicht ständig mit offener Hose rum, wie man sich das draußen vielleicht vorstellt. *Unsittlich*? Den Begriff soll mir mal einer dieser verklemmten Bürohengste deklinieren.

Und alles aufgeschrieben! Seine eigene Geschichte, die Geschichte seiner Familie, die Geschichte der katholischen Kirche, der Päpste, des Ketzertums, seit dem Mittelalter. Auf kleine Zettel, in Hefte, in winzigen, aber gestochen scharfen Buchstaben. Eigentlich schrieb er den lieben langen Tag. Häufig nahm er auch noch die Nacht dazu. Er litt ja unter massiven Schlafstörungen.

Ich habe alles gelesen, Zeile für Zeile. Interessant! Dass er jedoch während seiner Zeit als Amtsarzt Säuglinge verarmter, kinderreicher Familien *zu deren Erleichterung –* und *damit sie fröhlich weiter bocken konnten –* geschlachtet und sogar, wie in seinem *Hexenbekenntnis nach 60 jähriger Folterung durch das Papsttum* nachzulesen, mit Wollust als

Spanferkel verzehrt hat, glaube ich ihm nicht. Auch nicht, dass er männlichen Leichen, nachts allein in der Halle, seinen verkrüppelten Schniedel zur eigenen Wollust auf den Hintern ... Das waren wohl Gespinste, die sich in seinem kranken Hirn ... Ich kenne das. So sind Verrückte! Das kann man in klugen Büchern nachlesen. Trotzdem waren wir glücklich. Trotz *Durchbiegens* und *Maulknetens* und *systematischer Störung der Nachtruhe*. Diese drei fiesen Methoden, mit denen man uns schikanierte und jenseits aller ohnehin fragwürdigen ärztlichen Anwendungen kleinkriegen wollte. Gelobt sei Jesus Christus! In Ewigkeit! Amen.

SOHN Ich wusste es immer! Vater wurde misshandelt – einundzwanzig Jahre lang. Mir dreht sich der Magen um, wenn ich daran denke.

INSASSE Hört! Zunächst das *Durchbiegen*.
Aus Leos Notizen:
Der Delinquent wird von vier Mann, einem Pfleger und drei dazu bestimmten Patienten wie eine Sau beim Abstechen mit der Schnauze nach unten zu Boden geworfen, zwei Kerle knien auf seinen Armen, zwei beugen seine Beine im Kniegelenk extrem durch, so daß Muskeln und Sehnen im Unterschenkel brutal überstreckt und zugleich sämtliche Zehen gequetscht werden. Die Blutgefäße des Unterhaut-Zellgewebes reißen und laufen blau-schwarz an. Eine seit dem Mittelalter durchaus gängige und beliebte Foltermethode. Jederzeit hätte man den Patienten stattdessen in die ruhige Abteilung verlegen können, zur Hand- oder Bettfesselung. Jedoch winkten den Folterknechten kleine Vergünstigungen, qualitativ und quantitativ besseres Essen und Rauchwaren.

Anfang der fünfziger Jahre hat Leo seinen dritten Vormund mehrfach schriftlich um *Einforderung von Schmerzensgeld für die 15jährige Wegfolterung seiner Gesundheit* gebeten.

EHEFRAU Aufhören! Sofort aufhören! Ich kann das nicht länger –

SOHN Und unsere Mutter lag derweil im Souterrain ihrer Villa in Hamburg Eppendorf mit Schuhverkäufer Salomon im Bett. Mit allen Männern, derer sie habhaft werden konnte, hat sie es getrieben. Salomon starb im selben Jahr wie Vater, aber allein für ihn legte sie schwarze Kleidung an. Zum Glück waren seine Erben pfiffiger als wir und retteten sein schmales Vermögen. Sonst hätte sie sich auch das noch gekrallt.

INSASSE Zweitens: *Maulkneten.* Sehr beliebt in Haus 3, der kleinen Vorhölle in Lohr am Main. Häufig angewandt nach Verwandtenbesuch, also nach Ausplaudern unhaltbarer Zustände.
Das Opfer liegt ruhig und völlig ahnungslos zu Bett, es erscheinen der Pfleger Naul, ein Zimmermann von herkulischer Gestalt, und ein weiterer Pfleger, stürzen sich auf den Wehrlosen, quetschen ihm mit breiten Bärentatzen Mund und Nase in solchem Umfang und in so roher Weise, dass diese dick aufschwellen und das Blut herausquillt. Wochen vergehen, ehe die so erzeugten Schwellungen abklingen.
Haus 3 versammelte überhaupt eine reizende Mischung aus Totschlägern, sonstigen Gewaltverbrechern, Berufsboxern. Allesamt Hünengestalten! Wenn allerdings der Krawall, beim *Maulkneten* zwangsläufig, zu arg wurde, griff die offizielle Nachtwache ein und verscheuchte die

blutrünstigen Schergen. Im Allgemeinen konnten wir also zufrieden sein.

EHEFRAU Er soll aufhören!

INSASSE Drittens: *Systematische Störung der Nachtruhe*: Laut Leo in Lohr auf Weisung des *Folterregimes Papsttum* angewendet und in nichts zu vergleichen mit der Unruhe, die zwangsläufig in einem mit bis zu dreißig Patienten belegten Schlafsaal erzeugt wird – Schmatzen, Rotzen, Furzen.

Extra zu diesem Dienst Beorderte, so genannte Nachtruhestörer, schwärmen gezielt aus, rütteln ständig einzelne Schläfer wieder wach, und erwirken – was sonst nur infolge von Einträufelung gesundheitsschädlicher Substanzen geschieht – eine irrsinnige Müdigkeit. Selbst eigentlich Kerngesunde verfallen in permanent weinerliche Stimmung, schlafen auch tagsüber, und sei es auf einer harten Bank, ein. Hinzu kommen entsetzliche Krämpfe, massive Verstopfung, enorme Kotzerei, Sehverlust. Sogar Stigmata ...

EHEFRAU Kann denn nicht wenigstens der Arzt diesen armen Menschen irgendwie zum Schweigen bringen?

INSASSE Ja, Stigmata! Wir wurden Heilige! und gerade noch rechtzeitig, bevor wir uns Stricke griffen, um uns in einem der vielen Kellergewölbe der Heil-Hitler- und Pflegeanstalt aufzuknöpfen, isoliert. Wir beide, Leo und ich, in einem Zimmer. Das unbändige Rotzen und Furzen und Aufgewecktwerden hatte ein Ende! Bis heute ein Rätsel, wem oder welchem Umstand wir dies Glück verdankten. Vielleicht Hannas Beförderung?

BERICHT NACHTWACHE 12. Januar 1940
Wiederholt störte Dr. Wagner die Nachtruhe seiner Saal-
genossen durch absichtliches Husten, Schnarchen und lau-
tes Schimpfen wie »Hitlersau, alte Sau, Stinkschwein«. Auf
Vorhalt äußerte er, wenn er erst entmündigt sei, dann höre
»der ganze Saustall auf«, den die Behörden zu verantwor-
ten hätten, weil ihm heimlich »Kotzmittel, Scheißmittel,
Ödem erzeugende Mittel« mit der Nahrung verabreicht
worden seien ...

INSASSE Von da an war Ruhe. Wir frönten unseren Leiden-
schaften, lernten Russisch, tauschten Briefmarken, spielten
Schach. Leo außerdem Klarinette. Nur während der Visi-
ten geriet er häufig außer Rand und Band, warf den Ärzten medizinische Fachausdrücke an die kahl geschorenen
Schädel – und wurde mit *Bunker* oder Nahrungsentzug
bestraft. Das war schlimm. Was haben wir gehungert, wie
haben unsere leeren Därme nachts geschrien! Wir waren ja
ohnehin nur noch schlotternde Lemuren. Haut und Kno-
chen, die Tagesrationen für Irre während der Kriegsjahre
auf beinahe Null runtergeschraubt.
    Seht, was er für ein Gesicht macht!

ARZT Es mag durchaus sein, dass solche Maßnahmen damals in Lohr zur Anwendung kamen. Wie ja überhaupt der
Umgang mit geistig oder körperlich behinderten Menschen
während des Dritten Reiches, wie wir alle wissen ... Nun ja.
Wobei sich, meiner Meinung nach, die Akzeptanz des Umgangs mit »Randständigen« – um sie einmal so zu benen-
nen – in der breiten Öffentlichkeit nur aus der allgemeinen
wirtschaftlichen Not erklären lässt, was selbstverständlich
nichts entschuldigt. Entsprechend den Kürzungen sämtlicher Personalkosten – aufgrund der Reichsverordnung vom

1. Februar 1932 – wurde der Versorgungsaufwand für Patienten in Heil- und Pflegeanstalten auf ein Minimum gesenkt.

Ende der Dreißiger Jahre gab es in Lohr für Verköstigung pro Tag und Kopf magere sechzig Pfennig, etwa die Hälfte dessen, was Ende der Zwanziger Jahre Standard war. Der Pflegesatz insgesamt betrug 1941 in der III. Klasse – die auf Leopold Wagner zutraf – 2,70 RM. Ein Spiegel der Gesamtsituation, in der Sterilisationen jetzt als *gezielte, soziale Sparmaßnahme in die Zukunft* propagiert wurden. Wobei vor allem die sich seit Beginn des 20. Jahrhunderts in Amerika und Europa ausbreitende *Eugenische Bewegung* – Ausmerzen der *Erbschlechten*, Stärkung des *Volksganzen* – ein Nährboden für süffige Argumente war. Auf diesem Hintergrund wurden zwischen 1907 und 1933 in sechsundzwanzig US-Bundesstaaten sowie in Dänemark gesetzliche Grundlagen für Zwangssterilisationen geschaffen. In der Schweiz sind Sterilisationen von Anstaltspatienten bereits Ende des 19. Jahrhunderts belegt.

Die Rede eines Anstaltsdirektors, gehalten vor dem Bayerischen Kreistagsverband im Oktober 1931, zeigt, wie der Ungeist sich allmählich auch in Köpfen deutscher Koryphäen einnistete:

In Notzeiten, wie den gegenwärtigen, wird das Bleigewicht der so genannten Ballastexistenzen ganz besonders drückend empfunden und nach mehr oder weniger radikaler Beseitigung derselben gerufen (…) Während es höchst sittlicher Wert ist, die Kranken und Schwachen zu schützen (…) kann kaum Zweifel daran bestehen, dass wir damit negative Zuchtwahl treiben und der Verschlechterung der Rasse Vorschub leisten (…) ein einfaches und wirksames Mittel scheint die Sterilisation der Geisteskranken und derjenigen Personen, die die Anlage zur geistigen Entartung in sich tragen …

Bereits im Januar 1934 trat das *Gesetz zur Verhütung erbkranken Nachwuchses* in Kraft. Lehrer, Heimleiter und Polizisten taten also nur ihre Pflicht, wenn sie irgendwie Auffällige anzeigten. Das Verhängnis nahm seinen Lauf. Auch die protestantische Kirche und ihre Wohlfahrtsverbände befürworteten jetzt die Zwangssterilisation. Widerstand leisteten lediglich katholische Laien, einige Amtsträger und natürlich Angehörige. Erst heute denkt man darüber nach, auch Zwangssterilisationen als ein von den Nationalsozialisten begangenes Unrecht anzuerkennen und durch Ausschüttung von Schmerzensgeldern zu sühnen. Aber welcher Betrag stünde für die erlittene Scham?

Infolge eines immer stärkeren Einflusses der *Gesellschaft für Rassenhygiene* erweiterte sich die Zielgruppe derer, deren Zeugungsfähigkeit *zum Wohle des Volkskörpers* eliminiert werden sollte gnadenlos. Neben Geistesgestörten rückten Taube und Verkrüppelte, Kriminelle und Prostituierte ins Visier der »Fahndung«. Zuletzt noch Roma und Sinti. An die Stelle der Fürsorge um den einzelnen Patienten trat das Wohl des Volkes. Kopfstand ärztlicher Ethik! Der deutsche Psychiater war dazu angehalten, sich vom Arzt des Individuums zum Arzt des gesamten Volkes zu entwickeln. *Sippenpsychiatrie* lautete das Schlagwort, dem man seine Referenz erwies.

Auch die Lohrer Anstaltsleitung folgte den Anweisungen, *Altbestände* durchzusterilisieren. Dreihundert Eingriffe zwischen Anfang 1934 und Sommer 1944 sind belegt, die meisten ausgeführt gegen den Willen der Betroffenen. Zustimmung kam wohl lediglich von solchen Personen, denen nach dem Eingriff die Entlassung winkte. In Einzelfällen konnte es dann, wie eine Krankenakte beweist, offenbar gar nicht schnell genug gehen: *Protestiert wiederholt gegen die Verzögerung seiner Sterilisation und verweist auf die*

Notlage seiner Mutter, die ihn in der Landwirtschaft drin-gend brauche.

Ausgeführt wurden die Sterilisationen in drei Würzbur-ger Kliniken, die Kosten trugen die Wohlfahrtsverbände, Einzelbeförderung per Reichsbahn in Begleitung von ein oder zwei Pflegern. In Lohr selbst nahmen die Ärzte nur kleinere Eingriffe vor, wie etwa Blinddarmoperationen.

Einer Sterilisation entging nur, wer den Beweis erbrach-te, nicht *erbkrank* oder bereits unfruchtbar zu sein, eine ausländische Staatsbürgerschaft annahm oder unterschrieb, freiwillig – und auf eigene Kosten – bis ins Alter der Fort-pflanzungsunfähigkeit in der Anstalt verbleiben zu wollen. Vier »Spielarten«, die – abgesehen von der ersten – im Fall Leopold Wagner den Ausschlag gegeben haben mögen, dass er unbeschadet davonkam. Trotz eindeutig abartiger Neigungen.

Wenn auch verkürzt scheint es mir wichtig, einmal die großen Zusammenhänge darzustellen, damit –

Aschaffenburg, den 28. 9. 1938
An das Finanzamt.
Es ist mein dringender Wunsch, unter Aufgabe der deut-schen Staatsbürgerschaft Staatsbürger eines anderen Landes zu werden. Hitler hat Angst. Foltern im diktatorisch regier-ten Lande ist leichter. Arzt Dr. Wagner

TOCHTER Warum eigentlich will mein Bruder Lorenz es partout nicht wahrhaben, dass unser Vater nicht nur see-lisch krank, sondern ganz eindeutig auch extrem pervers veranlagt war? Hat er selbst was zu verbergen? Nie würde Charlotte ein Sterbenswörtchen über ihre schmalen Lip-pen lassen, wie die ihre Kinder gezeugt haben! Kann mir persönlich auch scheiß egal sein. Vater jedoch ist seit fünfundzwanzig Jahren tot – es wäre an der Zeit, endlich der Wahrheit ins Auge zu blicken!

Ich weiß genau, wovon ich rede! Kinder wandern nachts, und durch die nur um einen Spalt breit geöffnete Schlafzimmertür meiner Eltern habe ich mit eigenen Augen gesehen –

EHEFRAU Ich bitte dich!

TOCHTER Mutter hat sehr geweint. Auch später, in Hamburg, habe ich sie nachts oft weinen hören. Wahrscheinlich raubten ihr die Erinnerungen den Schlaf.

Unser Vater war ein massiger Mann, der leidenschaftlich gern grüne Klöße aß und abends Klavier spielte. Solange ich noch klein war, fürchtete ich mich nicht vor ihm. Im Gegenteil. Geduldig brachte er mir und meinem älteren Bruder Hans das Schwimmen bei, manchmal schnallte er uns kleine Rucksäcke um und schleppte uns in die Berge. Nur schade, dass Hanna meistens dabei war, hart und herrschsüchtig.

Vater spielte auch gern den Weihnachtsmann! Ich könnte heulen, wenn ich die Fotos ansehe. Das scheint eine ganz normale Familie. Friedlich. Kinderfreundlich. Auf einer der Aufnahmen steht er auf einem Balkon, und wir drei Großen lugen unter dem Saum seines weiten Hausmantels hervor wie Kücken unter einem schützenden Flügel. Einmal hat sich der dicke Mann sogar zu uns in den Laufstall gezwängt! Da war Lorenz ungefähr zwei. Und immer im Anzug. Immer wahrte er Form. Selbst, wenn er bei uns im Garten auf der Schaukel saß.

Auf einem Foto winken mein Bruder Hans und ich aus zwei kleinen Autos im Kinderkarussell. An deren Windschutzscheiben sind ganz deutlich Wimpel mit Hakenkreuzen zu sehen. Sonderbar ... Vater war doch gegen die Nazis!

Nach seiner Verhaftung wurden in seiner Praxis Durchschläge einiger Briefe und Notizen gefunden. Eindeutige Beweise, dass schon damals so einiges in seinem Oberstübchen nicht mehr im Regal stand. Er war ein Außenseiter, klar, das habe ich als Kind oft gespürt. Vornehmlich dann, wenn er den Allmächtigen spielte. Dann nämlich wirkte er besonders hilflos, so, als sei er sich selbst nicht ganz sicher, wer er eigentlich sei. Immerhin bewahrte ihn die Verschlimmerung seines psychischen Zustands vor einem frühen Tod! Wohl auch vor Selbstmord, falls dergleichen je zur Debatte stand. Darüber könnte man lange diskutieren. Aber Lorenz stellte ja schon vor Jahren den Kontakt zu mir ein – und meine Kinder sollen ohne die Schatten der Vergangenheit aufwachsen.

Aschaffenburg, Oktober 1938
An den Leiter der ärztlichen Bezirksvereinigung
Mainfranken-West.

Ihr Schreiben beweist mir unwiderlegbar, dass Sie bereits vom Geheimdienst Hitlers in Kenntnis gesetzt wurden, dahin gehend, dass Hitler meine Ausübung der Kassenpraxis in Aschaffenburg nicht gestatten wird. Sie werden das zunächst ableugnen, was aber der Wahrheit keinen Abbruch tut. Vor Erhalt Ihrer Zuschrift war mir die Sachlage bereits vollkommen klar, weil nämlich unmittelbar nach Absendung meines ersten Schreibens an Sie ein Stein in meine Wohnung flog, die Fensterscheibe zertrümmernd. Das ist eine klare eindeutige Stellungnahme des Führers. Um also Jesuitische Verdrehungskunststücke unmöglich zu machen, bestehe ich auf Durchführung des Zulassungsverfahrens.
Heil Hitler! Gez. Dr. Wagner

SOHN Mutter wollte sein Geld und Fahrenholz' Erbe dazu. Selbst das Ruhegehalt ihres Mannes, das ihm ab 1940 tatsächlich ausgezahlt wurde, raffte sie an sich. Ausgezahlt, um einen teuflischen Preis, wie sich später herausstellte. Nur aus Geldgier gab sie seinem Wunsch, sich scheiden zu lassen, nie nach – und rührte keinen ihrer zehn manikürten Finger für seine Entlassung. Im Gegenteil! In den Armen seiner Vormünder hoffte sie auf die Nachricht vom Freitod ihres Gatten. Das hätte ihr gefallen, der verhasste Irre mit heraushängender Zunge am Strick auf einem der Dachböden der Lohrer Heil- und Pflegeanstalt!

EHEFRAU Und so etwas habe ich in die Welt gesetzt!

Lohr, im Juli 1939
Mein lieber Vormund, zwischen meiner Schwester Hanna und Ihnen scheint eine gewisse Disharmonie zu bestehen. Das ist bedauerlich. Denn es wäre doch zweckmäßig wenn Sie meine Schwester heiraten würden, sie hat zwei Häuser und allerhand sonstige Vorzüge. Allerdings müssten Sie auf jegliche Befriedigung verzichten. Da könnte ich Ihnen als gute Beihenne meine Frau empfehlen; sie ist von mir seit Jahren trocken gelegt und wird eine anderweitige Bespringung auf das herzlichste begrüßen. Sind Sie so mein Schwager geworden, bin ich sicher, dass Sie meinen fünf armen Kleinen ein guter Ersatzvater sein werden. Mein Vorschlag ist gemacht. Überlegen Sie ihn.
Mit freundlichen Grüssen, Ihr Mündel, Dr. Wagner

TOCHTER Lorenz und seine dreckigen Fantasien! Davon könnte ich ein Lied singen. Bis zum heutigen Tag unterstellt er allen Familienmitgliedern böse Absichten. Nur unserem Vater nicht. Der wurde heilig gesprochen. In

Ewigkeit! Und zum Opfer der Nazis erklärt. Käme sonst ja auch keine Kohle bei rum. Seit Jahrzehnten streitet er mit Gott und der Welt, redet von Filz und Betrug. Von der Vertuschung eines Skandals. Genau wie Vater. Der witterte auch in jedem einen Feind, hinter jeder Hecke einen Spion – Adolf Hitler persönlich und auch der Papst bespitzelten ihn überall! Ach, du liebe Zeit. Was hatte sich da bloß in seinem kranken Kopf festgebissen.

AUS DER LOHRER KRANKENAKTE:
Wussten Sie von der Beratung, die Ihretwegen einberaumt wurde?
Ich wusste von dieser Zusammenkunft, aber nicht offiziell, also nicht von amtlicher Seite her. Dafür hatte ich meinen eigenen Spionagedienst. Genauso, wie die mich ausspionierten.

TOCHTER Kurz vor Ende des Krieges gab Mutter das Geheimnis preis – Vater lebe, sei von der SS interniert. Wenige Monate später hieß es, die Amerikaner hielten ihn fest. Das war ein komisches Gefühl, plötzlich wieder einen Vater zu haben und sich kaum noch daran erinnern zu können, wie er aussah. Auf die Fragen anderer, wo er sei, hatte ich immer die Antwort gegeben, die viele meiner Klassenkameraden damals auf die Frage nach ihren Vätern gaben: in Russland vermisst. Das verstand jeder.

Ansonsten wurde weiter geschwiegen. Wie immer in unserer Familie, wo jeder auf seinem eigenen Stern lebte oder verkrochen in sein eigenes Schneckenhaus – je nachdem, welches Bild man für unsere familiäre Katastrophe heranziehen möchte. Zwar saßen wir täglich gemeinsam an einem Tisch, gekannt haben wir uns jedoch kaum, wollten uns auch gar nicht kennen. Wer Fühler ausstreckte, tappte ins Leere. Da war nichts, keine Liebe, kein Zusammenhalt, anstelle von Mitleid nur Vorhaltungen, Neid. Vor allem Misstrauen. Schon lange bevor Vater aus dem familiären Zusammenhang verschwand, war das so. Obwohl Mutter sich die allergrößte Mühe gab.

Zum Beispiel richtete sie jedes Weihnachtfest mit großer Hingabe für uns aus. Auch in den Jahren, in denen es keine neuen Geschenke mehr gab, und jeweils nur »die alten Dinge« zum Vorschein kamen. Der Kaufmannsladen, in dessen Schubladen sie Rosinen versteckte, die Holzeisenbahn. Ihr guter Wille kann doch selbst Lorenz nicht entgangen sein! Nur aus Angst, dass uns etwas zustieße, dass auch wir ihr genommen würden, isolierte sie uns, ließ keine Freundschaften zu, keine Fremden an uns heran – und an sich keine Fragen.

Schon bald nach ihrer Eheschließung muss ihr Herz gebrochen sein. Sie verkroch sich immer mehr, vereinsamte und zeigte, nur um sich vor weiteren Verletzungen zu schützen, keinerlei Schwäche, gab niemandem gegenüber eine weiche Stelle preis. Ihre familiäre, finanzielle und zuletzt auch noch politische Talfahrt war wohl zu rasant, als dass sie sich noch irgendjemand gegenüber hätte öffnen können. Durchhalten, nichts als Durchhalten war ihre Devise. Und sich nichts anmerken lassen!

Seht euch die alte Frau an und lest in den Runen ihres Gesichts, was sie durchgemacht hat. Es gibt keine Schuldigen! Schuld war das System. Eine verfluchte Zeit! Unvorstellbar, dass man in ihr auf die Welt kam – und trotzdem hin und wieder so etwas wie Glück empfand.

Nie hätte Mutter sich scheiden lassen! Wozu? Um einen anderen zu heiraten? Es gab doch kaum noch Männer. Die meisten waren tot, die anderen bei der Marine. Außer Luftschutzwarten und alten Knackern – nur tote Hosen.

SOHN Mutters Dogmen waren: Mein Kind hamstert nicht, tauscht nicht, stiehlt nicht, lügt nicht, beschwert sich nicht, widerspricht und kritisiert niemanden, entwickelt keine Eigeninitiative, spielt nicht mit Nachbarskindern, fordert kein Taschengeld, sucht sich in den Schulferien keinerlei Beschäftigung!

TOCHTER Wie aber soll ein Kind so eine Mutter verstehen? Kinder brauchen Trost, Kinder möchten trösten, auch die eigene Mutter, möchten die Welt heilen, heil haben – zumal, wenn sie so völlig unheil ist, wie sie es damals war. Die Zurückhaltung, um nicht zu sagen Abwehr unserer Mutter haben mich geprägt, gehemmt, blockiert, und es brauchte Jahre, bis ich mich von ihrem Einfluss befreite und endlich aufhörte, mir ständig Asche aufs eigene Haupt zu streuen.

Als endlich herauskam, was Sache war, habe ich Vater zu Weihnachten einen Kuchen gebacken. Das war alles andere als leicht zu bewerkstelligen, weil es kaum noch Lebensmittel gab. Und er? Hat sich nicht mal bedankt! Das war schlimm. Äußerst schlimm. Noch nie zuvor in meinem Leben war ich so enttäuscht. Mutter hielt uns ständig zum Dank an, auch dann, wenn uns jemand etwas schenkte, was uns nicht gefiel oder uns nicht schmeckte. Ich bat sie, ihm zu schreiben, und ihn zu fragen, was los sei. Da brach ein Riesenkrach los!

Also machte ich mich, sobald wieder Züge fuhren und ich einen Passierschein für die Reise durch die amerikanische Zone ergattern konnte, selbst auf den Weg. Wie ich Mutters heftigen Widerstand brach, weiß ich heute nicht mehr. Ich wollte mir dringend klar darüber werden, wer mein Vater war. Denn schon als junges Mädchen war ich sehr kritisch eingestellt und sah mir jeden genau an. Das muss, wenn ich nicht irre, Ende 1946 gewesen sein und –

EHEFRAU Ich war bereits im Mai 46 in Lohr! Gleich nachdem die Besuchssperre aufgehoben wurde. Die hatten doch Typhus! So schnell wie irgend möglich wollte ich Leopold da rausholen. Warum hört mir denn keiner zu?! Zunächst hieß es, er werde bald entlassen, doch dann –

TOCHTER Ich war sechzehn Jahre alt, und ich werde diese Reise auch deshalb nie vergessen, weil ich nach einem Schlüsselbeinbruch noch starke Schmerzen litt und einen Rucksackverband trug.

Die Fahrt über Hanau nach Aschaffenburg dauerte fast einen Tag, viele Gleise waren zerstört, andauernd hielt der Zug an. Überall Trümmer. Eine trostlose Welt, jenseits zerbrochener Zugfensterscheiben, durch die ich hinausblickte. Am nächsten Morgen setzte ich die Reise zusammen mit meiner geliebten »dicken Mutter«, unserer ehemaligen Nachbarin, fort. Sie kutschierte mich mit ihrem Auto nach Lohr.

Wir kamen an, ich trat in ein Haus, ein langer Gang, merkwürdige Gestalten kamen auf mich zu, ein Wärter mit riesigem Schlüsselbund lief vor mir her. Ich hatte Angst. Vor der letzten Tür blieb er stehen. Ich trat in ein enges Zimmer, an einem Tisch saß ein fremder Mann, starrte ins Leere. Der Wärter stellte sich hinter ihn, das sah bedrohlich aus. Ich ging ein Stück auf den Fremden zu, sagte ihm, wer ich sei. Doch er schwieg. Vor ihm auf dem Tisch lagen Maronen. Ich fragte ihn, warum er sich nicht für meinen Kuchen bedankt habe, aber er antwortete nicht, fast hätte ich geweint. Ich traute mich nicht, ihn von Mutter zu grüßen. Plötzlich bot er mir eine Marone an. Aber sie war hart und blieb mir im Hals stecken wie ein Stein. Er tat mir sehr leid, und ich fragte ihn, was er denn so den ganzen Tag mache. Da holte er aus der Schublade ein paar Hefte heraus, und sagte, er lerne Sprachen, vornehmlich Russisch. Ich war baff. Und dann ging's los: mit Schimpfen. Laut und grob. Auf den Papst, die Katholische Kirche, auf Mutter, auf mich und meine Geschwister. Ein hässlicher Wortschwall, der da, wie mir schien, völlig unkontrolliert aus ihm herausbrach. Zum Glück verstand ich nicht alles, und der Wärter legte schützend seine Hand um meine Schulter und führte mich raus.

INSASSE Schock! Plötzlich stand seine Tochter im Zimmer, ein dürres pubertäres Ding, ich sah sie im Flur – und glotzte ihn an. Über acht Jahre hatte Leo sein Kind nicht gesehen. Da kam alles wieder hoch. Seine wahnsinnige Wut auf den Papst, die katholische Kirche und seine verfluchte *Ketzerehe. Der Kapitalbock* seines Lebens, wie er es ausdrückte, den er *auf Grund von Intrigen im Sommer 1928 auf Sylt schoss.* Trotzdem, gestand er mir später, hätte er dem Mädchen gern auf den Arsch gefasst. Wenn Oberpfleger Krause es nicht …

Die kleine Gesche sah aus wie Hanna. Wie ihr aus dem runden Gesicht geschnitten. Dieselben glasklaren Puppenaugen … Inzest? Die stramme Schwester Deutscher Nation ein Kind mit ihrem Bruder? … Schwamm drüber. Es ist lange her und geht niemanden etwas an. War aber vielleicht der Grund, warum sich Hannas Verlobter eines Tages verdrückte und die ansonsten doch treue Seele sitzen ließ? Wie auch immer. Bei Hannas stattlicher Statur wäre eine Schwangerschaft niemandem aufgefallen, und das Balg der Schwägerin unterzuschieben wohl auch kein Problem. Cordula bekam ja, was das anbelangt, nie viel mit. Vielleicht war es ihr sogar recht, wenn nicht jedes Mal sie … und dann eben fünf statt vier. Wenn zwei Frauen um einen Mann turteln … Schweigen … die alte Leier …

»Der Tischler brachte den Stuhl nicht. Zum Abendbrot aßen wir Fisch.« So lauteten die ersten vollständigen Sätze, die Leo auf Russisch schrieb. Ich weiß noch, wie stolz er war. Seine eigenhändig verfasste Grammatik habe ich mir zum Andenken mitgenommen. In Heft 14 ist übrigens von *Deutschlands Ende* die Rede. Aber das hat sich, wie alle anderen Hefte auch, Lorenz gekrallt. Egal, heute interessiert die sowieso keine Sau.

AUS HEFT 21
odnim slovom, cestnost' pered soboj zastavila menja soznat'sja, cto ja ne revoljucioner.

SOHN Mutter breitete einen Mantel des Schweigens über alles, und so wäre es bis in alle Ewigkeit geblieben, wenn Hanna mich nicht aufgeklärt hätte. 1947, nach ihrer Entlassung aus der Internierung bei Paderborn, wohnte sie für ein paar Monate bei uns. Noch heute könnte ich ihr auf Knien danken!

In den Weihnachtsferien 1949 war es soweit, als erster unserer Familie habe ich mich – bei 20 Grad minus und mit meinem Moped – auf den Weg zu unserem Vater gemacht. Alles andere, was hier vorgetragen wurde, ist gelogen!

Welch ein Schock! Gefasst auf einen irgendwie auffälligen, gemeingefährlichen Menschen, traf ich auf einen ruhig und besonnen am Tisch sitzenden Mann, der keinerlei erkennbare Zeichen einer geistigen Erkrankung aufwies, Pfeife rauchte und sogar ein Feuerzeug in der Hand hielt. Vor allem das Feuerzeug verwirrte mich, weil ich auf der Besucherkarte gelesen hatte, dass es verboten sei, Insassen alkoholartige Getränke, gefährliche Werkzeuge oder Zündhölzer mitzubringen. Wie also kam er in den Besitz eines Feuerzeugs?

Aus der Lohrer Krankenakte:
Der Patient hält überhaupt nicht auf sein Äußeres, läuft herum wie ein Räuberhauptmann. Auch uriniert er in Blechdosen, die er zum Ärger aller in ein Waschbecken entleert. Als ihm dies untersagt wurde reagierte er mit Schimpfkanonaden. Er redet völlig ungeniert über seine sexuellen Bedürfnisse, brüstet sich seiner onanistischen Akte und verlangt öfter in scherzhaft gemeinter aber völlig hemmungsloser Form nach …

SOHN Man hatte mich eingeschüchtert! Hanna: Kein Wort über die Familie, über Geld und vor allem nicht über die Kirche, das rege ihn zu sehr auf! Mutter: Die Ärzte werden auch dich gleich da behalten …, du bist erblich belastet …, pass auf! So saßen wir uns stumm gegenüber. Und wie hatte ich mich all die Jahre auf das Wiedersehen mit meinem Vater gefreut!

In den ersten Wochen nach seinem für mich unerklärlichen Verschwinden rannte ich nach der Schule immer sofort nach Hause, immer in der Hoffnung, ihn so wie früher am Klavier sitzend vorzufinden. Die Wochen vergingen, allmählich verblasste die Erinnerung, mein Vater wurde zum Phantom, nach dem ich mich sehnte, aber nicht einmal wusste, ob es nicht längst im Himmel war. Offenbar gab es aber kein Grab. Das ließ mich hoffen!

Nach meinem Besuch in Lohr schrieb er mir Briefe, gab mir Tipps für mein Leben, auch für den Umgang mit Geld. Oder er schickte Abschriften seiner Gedichte. Aber auch Verse von Shakespeare, Fontane, Storm. Zum Dank für meine Päckchen. Er bekam ja nur selten etwas. Nach seinem Tod zog ich Erkundigungen ein, ob Mutter ihm je etwas anderes als Postkarten oder läppische Weihnachtsplätzchen geschickt hat.

Tabak, Marzipan und Pfeife,
Hei! Wie da hinein ich greife!
Vor Behagen, lieber Junge.
Nur ein Bedenken hab ich doch:
Kriegt Finanzkraft großes Loch?
Auch ohne Sendung wohlbekannt
Der gute Will' ist anerkannt!

EHEFRAU Wir hatten doch selbst kaum noch etwas. Monatelang lebten wir von Wassersuppe! Woher hätte ich denn –

TOCHTER Nur Schwager Heinrich, den Mutter gern geheiratet hätte, bekam, wenn er aufkreuzte, Kekse. Auf den waren wir alle sauer.

EHEFRAU Hanna versorgte Leopold, reichlich! Sobald sie nach Alzenau zurückgekehrt war, schickte sie ihm das Obst aus dem elterlichen Garten. Kistenweise. Die Bäume trugen! Nicht, dass ich es ihm nicht gegönnt hätte, aber wir in Hamburg bekamen kaum etwas ab. Und das, was uns erreichte, war meist schon vergammelt oder Mus. Und dabei hätten die Kinder so dringend Vitamine gebraucht. Nach dem Krieg sahen alle fünf aus wie Streichhölzer. Außer ein paar Postkarten hatte ich keinerlei Möglichkeit, Leopold etwas zukommen zu lassen.

20. 12. 1949
Ein frohes Weihnachtsfest, wünscht Dir, lieber Leopold,
Deine Cordula.

SOHN Mutter war der Teufel! Keine Liebe, keine Wärme! Sie ließ uns verkommen. Auch seelisch. Mich vor allen! Schon als kleines Kind hätte ich sie manchmal am liebsten –

SCHWESTER Jetzt halt endlich deinen dreckigen Mund!

SOHN – umgebracht!

EHEFRAU Das ist alles Hannas Einfluss.

SOHN Die Ohrfeige, die ich Mutter verpasste, war reine Notwehr! Ich stand unter Stress. Das Hausverbot, das mir daraufhin per Rechtsanwalt erteilt wurde, gilt nach wie vor. Auch ihre Wohnung, in der sie seit dem Verkauf des Eppendorfer Hauses lebt, habe ich nie betreten. Und dabei würde ich ... wie ein winselnder Hund ... wenn sie mir ... und sei es nur der kleine Finger ...

Gleich nach Vaters Verschwinden bot Fahrenholz an, uns, die Kinder seines Pflegesohnes, bei sich aufzunehmen. Damals ahnte ja kein Mensch, auf wie viele Jahre seine Abwesenheit hinauslief. In den ersten Wochen, wie ich herausfand, rechnete man noch täglich mit seiner Entlassung. All dessen ungeachtet machte sich Mutter in einer Nacht- und Nebelaktion auf und davon – samt uns und seinem Besitz. Nach Hamburg. In ihrem Elternhaus fand sie Aufnahme und leider auch volles Verständnis für ihr Vorgehen. Meinen armen Vater – eingesperrt in ein Irrenhaus – löschte sie aus ihrem Gedächtnis.

Speyer, 28. 12. 1936
Liebe Eltern, wir gedenken am Donnerstag etwa gegen ein Uhr zum Essen bei Euch zu sein. Eine reine Freude werdet Ihr nicht erleben, da der Keuchhusten bei den Kindern noch sehr stark ist. Bei Lorenz mache ich Euch darauf aufmerksam, dass er im Anfall übertreibt, um Fürsorge zu erzwingen. Also ignorieren, keine bedauernden Minen machen, hart sein. Auf Wiedersehen, Leopold.

Nichte Jede freie Minute seines Lebens gab Lorenz für die Aufdeckung »des Falls Dr. Leopold Wagner« dran. Irgendwie tragisch, diese nachgetragene Liebe eines Sohnes, der als Kind seinen Vater zwar schmerzlich vermisste, ihn aber zeitlebens nie richtig gekannt hat. Nie hat kennenlernen können. Was waren denn ein paar Besuche in Lohr? Dennoch kämpft er bis heute für dessen Ehre! Ein verbissener Spieler, der alles auf eine Karte setzt und nicht zurück kann. Obwohl ihm, wenn er ehrlich mit sich selbst wäre, längst dämmern würde, dass er einem Irrtum aufsitzt, dass nämlich sein Vater tatsächlich krank war. Wenn er sich das jedoch eingestünde, wäre auch sein Leben verpfuscht, trotz Charlotte, seiner Kinder und Enkelkinder. Wobei es ihm ja ganz offensichtlich nicht allein darum geht, den Beweis zu erbringen, dass dieser Vater kein Schizophrener war, sondern auch oder vor allem Opfer seiner geldgierigen Ehefrau samt vier Vormündern. Mögliche Entschädigungen spielen, nach meiner Einschätzung, für ihn nur eine Nebenrolle.

Was die insgesamt vier Vormünder anbelangt, so kann ich mir kein Urteil erlauben. Alles, was Speyer, Aschaffenburg und Lohr betrifft, lag außerhalb meiner Wahrnehmung. Dass Cordula auf Männer aus war, steht allerdings außer Frage. Zurück in Hamburg warf sie sich als erstes dem Pfarrer von Eppendorf an den Hals. Das wirbelte ziemlich viel Staub auf. Denn schließlich hatte der Pfarrer nicht nur sie und ihren durchgeknallten Arzt getraut, nein, er hatte selbst neun Kinder. Allerdings kläffte dessen Gattin die hübsche Rivalin rasch vom Platz ... Zwei deutsche Mütter! Heim und Herd, Blut und Boden, Kinderaufzucht. Seitensprünge lagen außerhalb braunen Vorstellungsvermögens, und hübsch zu sein war keine Freikarte ins unkontrollierte Vergnügen. Cordula fand sich damit ab, tröstete sich – von Kopf bis Fuß – mit dem alten Schuhverkäufer Salomon, überließ ihm das Souterrain ihres Elternhauses. Und ihr Bett. Vielleicht rettete sie ihn sogar vor der Deportation – und er sie vor Austrocknung.

Trotz allen Mitleids, das ich damals für Cordula empfand – und trotz des Respekts vor ihrem hohen Alter heute –, muss es gesagt sein: Sie besitzt keinen Charakter, ist wankelmütig und gönnt keiner Menschenseele etwas! Selbst während der Hungerjahre hat sie mir keinen Happen angeboten. Auch dann nicht, wenn ich gleich nach der Schule bei meinen Vettern und Cousinen vorbeikam und alle noch um den gedeckten Tisch saßen. Aber Mutterkreuz, klar! Und ab Herbst 1941 Mitglied in der Partei.

Heute ist sie mit allen zerstritten. Mit ihren Kindern, ihrer Schwägerin und mit mir. Wegen des Hauses, wegen irgendwelcher Möbel oder Schmuckstücke, auch wegen der Kosten für Leopolds Beerdigung. Einen Prozess nach dem anderen reitet sie durch. Nur mit Gesche kommt sie aus, und wenn diese nicht vor kurzem ihre *Geschäftspflegschaft* übernommen hätte … Kurzum, die Hölle auf Erden. Ich an ihrer Stelle hätte mich längst aufgehängt.

TOCHTER Was sind das für üble Verleumdungen! Keiner kennt Mutter so gut wie ich. Als wir Ende März 1939 Aschaffenburg verließen und nach Hamburg übersiedelten, war ich immerhin fast neun Jahre alt, Lorenz noch keine sieben! Ungeachtet dessen reißt er hier schamlos die Klappe auf, Mutter habe nach Vaters Internierung alles falsch gemacht. Der hat überhaupt keine Ahnung, spielt sich auf und vernebelt – besessen von der fixen Idee, sein Leben wäre besser verlaufen, wenn er gesehen hätte, wie sie Vater holten – die Wahrheit. Wir alle können nur von Glück sagen, damals außer Reichweite gewesen zu sein! Schreienden Knirpsen hätten die Braunen bei Vaters Verhaftung gleich eins über die Rübe …

Außerdem blendet Lorenz eine alles entscheidende Tatsache aus: Die Miete für die Aschaffenburger Wohnung war nur bis zum 1. April 1939 bezahlt und der Umbau des Hauses – in dem Vater eine neue Praxis zu eröffnen gedachte und in das auch wir irgendwann einziehen sollten –, noch lange nicht so weit fortgeschritten, als dass sich eine Familie mit fünf Kindern darin bereits hätte wohlfühlen können. Der Winter war streng, das Frühjahr ließ auf sich warten, und Hanna, die bis dahin in allen Notlagen großzügig ausgeholfen hatte, drehte ganz plötzlich den Geldhahn zu. Die Rechnungen der Handwerker türmten sich, die Versorgungslage insgesamt steuerte in eine Katastrophe. Mutter hatte keine andere Wahl, als Zuflucht in ihrem Elternhaus in Hamburg zu suchen. Wenngleich es für meine Großmutter eine Zumutung ersten Ranges war.

Vielleicht, frage ich mich heute, war die Zuspitzung der Lage Hannas wohl durchdachtes Kalkül? Auf alle Fälle mehr als nur eine Laune. Ihr wird die Zerrüttung dieser Ehe nicht entgangen sein, und vor allem – und das ist das eigentlich Entscheidende – ahnte sie längst, dass ihr Bruder *geisteskrank* war. Unmittelbar nach seiner Einlieferung in Lohr gab sie zu Protokoll, bereits 1934 bemerkt zu haben, dass irgendetwas mit ihm *nicht in Ordnung* sei. Die hungrigen Mäuler von Nichten und Neffen hätten ihr Erbe – zwei Häuser in Alzenau und das in Aschaffenburg – rasch verzehrt, und als Oberin der braunen Schwestern verdiente sie keine Reichtümer.

Für sie war es ganz eindeutig besser, den kranken Bruder in einer Anstalt zu wissen – wie muss ihr sein ständiges Schimpfen auf den Führer auf die Nerven gegangen sein –, und die Sippe in Hamburg. Ihn konnte sie in Lohr besuchen, ihm Gutes tun – über ihn herrschen. Die anderen von weitem trösten.

Als wir, die verstörte, verstoßene Aschaffenburger Schar, in Hamburg ankamen und uns unsere Großmutter – seit dem Tod ihres Mannes 1936 Geschäftsführerin des Teppich- und Gardinengeschäfts Rischel & Gutmann in der Bergstraße – in der Tür ihrer Eppendorfer Villa empfing, wusste ich, was die Stunde geschlagen hatte. Wie der Hase von nun an lief. Obgleich schon mein bis dahin geführtes kurzes Leben alles andere als Zuckerschlecken gewesen war. Aber ich fand mich damit ab. Ich war ja nicht dumm. Heute würde man sagen, ich arrangierte mich. Etwas anderes wäre mir auch gar nicht übrig geblieben. Kein Mensch kann sich sein Schicksal wählen – niemand würde es sich so wählen, wie es war und wie es ist. Obwohl mir heute, im Vergleich zu damals, alles eher wie ein Kinderspiel vorkommt. Fünf Monate nach unserem Umzug nach Hamburg brach der Zweite Weltkrieg aus.

RECHTSANWALT Zurück! Sonst kommen wir nicht voran. Da ist noch zu viel offen geblieben. Am 30. März 1939 zog die Gestapo ihren Antrag auf eine Strafanzeige wegen Vergehens gegen das *Heimtückegesetz* zurück. Also hatte ganz offenbar niemand Beschwerde gegen den Beschluss des Bezirksamts Aschaffenburg erhoben, dass Dr. Leopold Wagner ein *gemeingefährlicher Geisteskranker* im Sinne des Artikels 80 Absatz 2 des StGB sei und deshalb zur Verwahrung in die Heil- und Pflegeanstalt Lohr gehöre. Vier Tage später wurde der erste Vormund, ein Dr. Beuer aus Aschaffenburg, bestallt, obwohl Wagner selbst einen solchen nach wie vor strikt ablehnte.

Lohr, den 19. 1. 1939
An das Amtsgericht Aschaffenburg
Vom Bezirksamt Aschaffenburg als ein mit Größenwahn-

ideenbehafteter, Querulantenwahnsinniger in die Anstalt
Lohr eingewiesener unheilbarer Geisteskranker beantrage
ich hiermit:
1) Meine Entmündigung und die Erstellung eines Amts-
vormundes. Die Person desselben ist mir egal.
2) Die Aberkennung meiner ärztlichen Approbation.
3) Meine lebenslängliche Internierung.
4) Meine Kastration, damit die Möglichkeit der Fortpflan-
zung solchen irrsinnigen Gezüchts endgültig unterbunden
ist.
5) Die Aufstellung einer Pflegschaft lehne ich ab.
*   Gez. Leopold Wagner, Lohrer Anstaltsinsasse.*

RECHTSANWALT Damit wurde das nächste und leider auch
längste Kapitel dieser rätselhaften Biographie aufgeschlagen – ein ständiger Wechsel von Auflehnung des Patienten
und ein »sich Abfinden mit seinem Schicksal«. Nachzulesen in Wagners Briefen an seine Vormünder. Verfasst in
einer Mixtour von äußerst präzisen Formulierungen – in
druckreifem Deutsch – ordinärsten Anwürfen und völlig
krausem Zeug. Wobei ich, aber ich bin kein Arzt, die emo-
tionalen Entgleisungen als Reaktionen eines übersensiblen
Charakters auf persönliche Beleidigungen deute. Auf tiefe
seelische Verletztheit.

Im August 1939, keine fünf Monate nach Amtsantritt,
warf Wagners erster Vormund Beuer das Handtuch, und
der ärztliche Direktor der Heil- und Pflegeanstalt Lohr,
Stoeckle, bestätigte seine schon einmal gestellte Diagnose:
Paranoide Form der Schizophrenie und *Querulantenwahn*,
der zufolge dieser Mann ein Unmündiger, einem Kinde
Gleichzusetzender sei, nicht mehr in der Lage, für sich und
seine Familie zu sorgen. Im August erfolgte die amtliche
Entmündigung und der zweite Vormund, Dr. Sagebiel,

trat auf den Plan. Die Folge: Totaler Zusammenbruch der bürgerlichen Existenz, Sperrung sämtlicher Konten, Versicherungen und Verträge, Ausschluss aus der Wirtschaftsgenossenschaft der Ärzte und der *Kameradschaftlichen Vereinigung »Aesculap«.*

Von nun an regierten andere Dr. Leopold Wagners Leben, Entscheidungen, seine Person betreffend, wurden ohne Rücksprache – über seinen Kopf hinweg – gefällt. Er nur noch ein Spielball der Instanzen, fremder Interessen, Willkür.

ARZT Die *rassische und eugenische Aufartung der Volksgemeinschaft* war eins der Kernthemen nationalsozialistischer Politik. So waren neben den Juden und anderen ethnischen Minderheiten auch Geisteskranke und *erbminderwertige Objekte* Opfer systematischer Diskriminierung. Erbgesund und kinderreich hieß die Devise. Letzterem hatte Leopold Wagner ja eigentlich Genüge getan ... Der Überwucherung so genannter wertvoller Schichten wurde durch Verweigerung von *Ehefähigkeitszeugnissen* und Zwangssterilisation vorgebeugt, *Lebensbornbewegung* oder *Ehestandsdarlehen* feuerten zu kräftiger und gesunder Fortpflanzung an.

Mit zum Programm gehörte die *erbbiologische Erfassung* der gesamten Bevölkerung, ein mit großem Enthusiasmus – *Sippentafeln und Personenkarteikarten* – angegangenes, auf Grund noch völlig unzureichender Möglichkeiten der Datenverarbeitung jedoch von vorne herein aussichtsloses Unterfangen, an dem auf Anweisung des Reichsministeriums des Innern sogar noch während des Zweiten Weltkriegs mit unvermindertem Nachdruck festgehalten wurde. Erst im September 1944 verfügte das Ministerium, dass, in Hinblick auf bevorstehende Einschränkungen innerhalb der *Erb- und Rassenpflege,* sämtliches in den *Erbarchiven* bis dahin gesammelte Material nicht mehr andauernd zur Hand sein müsse und also luftschutzmäßig sichergestellt werden könne.

In der so genannten *T4-Aktion* eskalierte die Radikalisierung des Umgangs mit Behinderten, auch mit Insassen öffentlicher und karitativer Heil- und Pflegeanstalten. Um möglichst viel Personal und Sachmittel für die Kriegsmaschinerie frei zu bekommen wurden Zug um Zug sämtliche fränkischen Fürsorgeeinrichtungen geschlossen und deren Insassen zunächst in Lohr zusammengefasst – wenn nicht gleich ermordet. 1945 war die Anstalt mit mehr als doppelt so viel Patienten wie eigentlich vorgesehen überbelegt. Dramatische Zustände, Unterernährung, Infektionen, keinerlei Therapie. Hohe Sterblichkeitsrate.

Im Herbst des Jahres 1940 muss sich in Lohr Entsetzliches abgespielt haben. Mit Hilfe geschickter Tarn- und Täuschungsmanöver wurden im Verlauf von nur wenigen Wochen etwa sechshundert Patienten über so genannten *Zwischenanstalten* in Tötungsanstalten deportiert. Nach Großschweidnitz, Weinsberg oder in die Nähe von Pirna. Die Auswahl erfolgte anhand von Transportlisten, erstellt von einem Transportleiter mit Aliasnamen, der sich jeweils ein paar Tage in Lohr aufhielt, aussortierte, das heißt, arbeitsfähige Patienten zurückstellte, Kranke und Langzeitpatienten bevorzugte.

Die »Erwählten« erhielten Erlaubnis, *was ihnen lieb sei*, in kleinen Koffern mitzunehmen, Name und Transportnummer wurden ihnen in ihre Kleidungsstücke eingenäht, oder auf Leukoplaststreifen zwischen die Schulterblätter geklebt. Vor Abfahrt gab es noch ein Mittagessen. Außerdem Proviant für den Transport. Dieser erfolgte in Bussen einer gemeinnützigen Krankentransportgesellschaft, einer Tarnorganisation der *T4-Aktion*. Das Pflegepersonal, ausgerüstet mit Medikamenten zur Beruhigung der Patienten, begleitete die Schützlinge bis vor die Tore der jeweiligen Zielanstalt, wo ihm die Übergabe der Kranken, Effekten und Akten bestätigt wurde. Sämtliche dieser »Verlegungen« erfolgten äußerst überraschend, ohne zeitlichen Spielraum Angehörige zu benachrichtigen. Denen ging unmittelbar danach die Mitteilung von der vorübergehenden Verlegung des Patienten in eine andere Anstalt zu, in den meisten Fällen folgte schon bald ein Formblatt, das den plötzlichen und natürlichen Tod anzeigte. Nicht ohne Bedauern und dem Ausdruck größten Mitgefühls darüber, wie nun alle ärztlichen Bemühungen vergebens gewesen seien. Urnen konnten kostenpflichtig abgeholt werden. Ein Angebot, von dem viele Angehörige Gebrauch machten. Die Tötung der Patienten erfolgte durch Gas. Mindestens siebzigtausend Menschen wurden im Rahmen der *T4-Aktion* auf die Weise ermordet.

In Lohr spielte man mit. Obwohl das rasche Ableben der verlegten Patienten eine eindeutige Sprache war. Von Protesten des Pflegepersonals ist nichts bekannt, wenngleich es in den jeweiligen Aufnahmeanstalten jeweils äußerst unkollegial empfangen, niemals zum Essen, geschweige denn zum Übernachten eingeladen wurde – trotz zum Teil doch immens strapaziöser Anreisen. Im allgemeinen ließ man die Angestellten anderer Anstalten nicht einmal über die Schwelle.

Die Anstaltsleitung selbst äußerte lediglich Unmut bezüglich der Abnahme von Pflegesätzen, was der Gauleiter von Unterfranken, Dr. Otto Hellmuth, geschickt zu beschwichtigen wusste: *Sie bekommen Ihre Leute ja wieder, Erbkranke kommen fort, um für Erbgesunde Platz zu schaffen.* Für einen längeren Zeitraum kamen volksdeutsche Rücksiedler in Lohr unter.

Der Sicherheitsdienst des Reichsführers,
SD-Abschnitt Würzburg
LAGEBERICHT zum 13.2.1941
1) NS UND VOLKSLEBEN: Die Aufhebung verschiedener
Heil- und Pflegeanstalten und die angebliche Häufung von
Todesfällen von Geisteskranken, die in diesen Anstalten
untergebracht sind, hat unter der Bevölkerung zu der An-
nahme geführt, dass das Sterben der Anstaltsinsassen nicht
mit rechten Dingen zuginge (...) Jedoch ist die Mehrzahl
der Bevölkerung bereits so weit, dass sie die Euthanasie der
schwer Geisteskranken durchaus billigt und sogar die Auf-
fassung vertritt, dass in diesen Einrichtungen noch weiter
gegangen werden könne, als es bisher geschehen ist.
2) Von den KONZENTRATIONSLAGERN wird in der Bevölke-
rung nicht mehr viel gesprochen. Bisweilen taucht noch das
Gerücht auf ...

ARZT Zum Jahresbeginn 1941 löste der Leiter der fränkischen »Vorzeigeanstalt« Werneck, Dr. Pius Papst, den bis-
herigen ärztlichen Lohrer Direktor Dr. Stoeckle ab – den
Verfasser der ersten Wagnerschen Gutachten. Offenbar
weil dieser – wohl weniger aus Überzeugung denn aus
Überlastung – zu schleppend mit der »Planerfüllung« vor-
angekommen war. Einschließlich des Direktors standen
damals drei Ärzte für ca. 600 Patienten bereit. Man kann
sich denken, dass unter diesen Umständen nicht nur eine
erbbiologische Erfassung Einzelner, sondern auch und vor
allem deren effiziente Behandlung so gut wie ausgeschlos-
sen war.

Dr. Papst beteuerte nach dem Krieg, dass die Fortsetzung gewisser Maßnahmen ihn in schwere Gewissenkon-
flikte gebracht hätten, jeglicher Widerstand seinerseits
jedoch aussichtslos gewesen sei, da er von vornherein un-

terlegen wäre. Nichts von alledem ist wahr. Erst nach lauten Protesten aus eigenen Reihen, den Reihen der Nazis, vor allem aber nach der mutigen Predigt des Bischofs Galen im Sommer 1941 – in der er drohte, Anzeige wegen Mordes zu erstatten – stellte man die organisierte Euthanasie in Deutschland ein. Trotzdem wurden noch 1944 sechs Patienten aus Lohr direkt nach Auschwitz und zwölf in das KZ Mauthausen verschleppt.

Das alles sollte hier einmal bedacht sein, um uns wenigstens ansatzweise eine Vorstellung von dem Klima zu verschaffen, in dem zu überleben Leopold Wagner – trotz seines Geisteszustands – sonderbarerweise gelungen war.

Lohr, 1947
DAS STUHLBEIN, Melodie: Ich bin der Doktor Eisenbart.
  In Lohr, da is' ne Keilanstalt
  Die Faust in die Fress', Stuhlbein auf'n Kopp, das knallt!
  Der Papst hat die Leitung, s' is kei Witz …
  Es war im Jahre 1942, auf der »ruhigen Abteilung« des Hauses 1. Der Führer hatte seinen russischen Feldzug begonnen und Hiebe bezogen. Die einfältigen Deutschen merkten allmählich, dass »kriegen« nicht unbedingt »bekommen« heißt, sondern auch Prügel beziehen. Der Hitler-Elan war vorbei. Patienten und Pfleger ließen die Köpfe hängen.
  Meine Opposition war trotz der an mir fortgesetzt vollzogenen Verprügelungen stärker denn je. Viele Nächte lag ich schlaflos da, grübelnd, wie ich mich gegen die Überlegenen wehren könne. Oft fielen mir die Worte Siegfrieds aus Wagners Walküre ein: »Eine Waffe verhieß mir der Vater, ich fänd' sie in höchster Not.« Und wie vermisste ich meinen sechsläufigen Walter-Revolver, der allein genügt hätte, die Saubande in Schach zu halten!

Im Reich regten sich revolutionäre Bewegungen. Und ich wurde nicht müde, immer und immer wieder zu betonen, dass Hitler ein Vaterlandsverräter sei, der das ganze deutsche Blut dem Papsttum für seinen russischen Kreuzzug geopfert und selbst den römisch-katholischen Fürstentitel versprochen bekommen habe. Die römisch-katholische Kaiserkrone aber werde er dem Spross Prinz Franz vom Hause Wittelsbach überlassen müssen.

Die Fürsten und die Pfaffen, die hat der Herrgott zusammen erschaffen!

Wegen meiner Reden fielen eines Nachts vier Kerle über mich her und hauten mir so in die Fresse, dass meine Schneidezähne wackelten. Ich wehrte mich nach Kräften, wurde aber in Dantes unterste Hölle, den »Herrensalon des Hauses 3« verlegt. In Hemd und ohne Unterhose und musste auf einem Strohsack ohne Decke schlafen! Der Stationsarzt sagte nur: Sie kann man gar nicht schlecht genug behandeln.

Einmal zerschlug ich fünf oder sechs Holz- und Porzellanpfeifen samt dem Griff meiner Lupe auf den Rippen der Angreifer. Ein anderes Mal provozierte ich den hünenhaften Hauptschläger mit einem großen gezackten Stein, den ich im Wiesenstück des Hauses 3 gefunden hatte, worauf er lallend und mit Wut verzerrtem Gesicht, einen Stuhl in der Hand schwingend, auf mich losstürzte und mir diesen mit voller Wucht auf den Kopf schlug. Ich hielt noch das rechte Handgelenk hoch, aber die Wucht war zu stark, das Stuhlbein sauste auf meinen Schädel nieder. Mir wurde es Schwarz vor Augen, und – unfähig zur Gegenwehr – suchte ich das Bett auf. Nach einigen Stunden stand ich wieder auf, das Schwindelgefühl war verschwunden, aber mein rechtes Handgelenk schwoll dick an. Sechs Wochen hatte ich Schmerzen und trug eine Armbinde. Der Kopf heilte in ein paar Tagen. Diese zwar nicht schöne, aber an sich belang-

lose Sache gestaltete sich – nach Willen und Winken des Saurüssels – zu einem weltgeschichtlichen Ereignis.

Ich allein, der Geächtete, Verfemte, wegen Querulantenwahn, Verfolgungswahn und Größenwahn Entmündigte und seit 1938 Eingesperrte, hatte Adolf Hitler und den hinter ihm stehenden kaiserlichen Kronprinzen, Prinz Franz von Wittelsbach, gestürzt. Saurüssel ließ Hitler – meinetwegen! – fallen, die Reichsregierung samt den Feldmarschällen – meinetwegen! – aufhängen und zwang sie, die Schuld am russischen Feldzug – meinetwegen! – auf sich zu nehmen, wohingegen doch ER der allein Schuldige war. Nun setzte eine gigantische Hetze gegen mich ein, der Richter Dr. Hofmann beschuldigte mich öffentlich der Schuld am Sturze Hitlers, die Nazipfleger wurden von Tag zu Tag gehässiger gegen mich und ihr Hass besteht noch heute unvermindert weiter. (Stellungsverlust!) In noch viel höherem Ausmaß als seither war ich gemeinsten Beschimpfungen ausgesetzt, alle Schuld wurde auf mich abgeladen. Ich sei ein Rindviech, ein Ochs, ein Schafskopp usw. Auch, weil ich die mir zugedachte, aber nicht angenommene Beförderung verscherzte. Ich sei ein Verbrecher, gegen den jede Maßnahme, Rufschändung, Rohheit erlaubt sei. Man nannte mich und meine Familie öffentlich »russisch« und verbreitete alle familiären dunklen Punkte.

Ich muss noch betonen, dass man einen, dem man so hohe Beförderungen zugedacht hatte, nicht jahrelang als entmündigt einsperrt, degradiert und wie eine Sau behandelt. Sodann nehme ich die Schuld freimütig auf mich und behaupte, dass das deutsche Volk alle Ursache hätte, mir dankbar zu sein und mir allerorts Denkmäler errichten müsste, weil ich den Vaterlandsverräter Hitler stürzte. Ich habe damit die restlose Aufhebung der Hitlerschen Verstümmelungsgesetze erreicht (Samenstrang, Eileiter, Hoden

und Eierstöcken). Bei einem Fortbestand dieser unsinnigen Gesetze wäre fortan kein Mensch im Deutschen Reiche sicher gewesen, Eingriffen an seinen Zeugungsorganen zu entgehen.
Kaspar.

TOCHTER Wirklich ein Rätsel, dass Vater am Leben blieb!

ARZT Am 2. April 1945 besetzten die Alliierten Lohr. Einundfünfzig von insgesamt zweihundertsiebenundsiebzig Beschäftigten, darunter sämtliche Ärzte, die Spitzen der Verwaltung, des Pflegepersonals und der Handwerksbetriebe wurden wegen *Belastung* aus ihren Ämtern entfernt, jedoch, mit Ausnahme des Direktors – in dem von den Alliierten einberaumten Spruchkammerverfahren zur *Klärung der Mitschuld an während des Dritten Reiches begangenen Gräueln* lediglich als *Mitläufer* eingestuft – bald wieder eingesetzt. So vergingen noch Jahre, bis eine neue Auffassung von *Geisteskrankenfürsorge* bei den Betroffenen ankam.

EHEFRAU Ich möchte noch betonen: Im Sommer 1939 habe ich mich in Hamburg um eine Anstellung bemüht, was sich als extrem schwierig erwies und letztlich nicht realisierbar war, nicht nur weil Kinder und Haushalt meine Kräfte überbeanspruchten und ich mich als Aushilfe nur in der Gewissheit von Leopolds baldiger Rückkehr verdungen hätte. Aber genau die konnte mir niemand garantieren. Niemand wusste, ob bei einer Erkrankung wie der seinen eine Heilung überhaupt möglich sei. So vergingen die Wochen, unsere finanzielle Situation spitzte sich zu. Auch mit dem Teppichhandel ging es bergab, meine Mutter bekam Streit mit dem Prokuristen, der Konkurs war unaufhaltbar. Und meine Schwägerin hielt weiterhin den Geldhahn zu.

Ich unternahm alles mir Mögliche, um dennoch eine Kontinuität in der Versorgung und Erziehung meiner Kinder aufrechtzuerhalten. Als sich herausstellte, dass von dem Direktor der Heilanstalt keine Hilfe kam, wandte ich mich an die Gestapo. Irgendwer, so dachte ich, musste doch die Geschicke in die Hand nehmen, das Dickicht entwirren und herausfinden, wie es um Leopolds geschäftliche Angelegenheiten bestellt war.

Hamburg, den 10. April 1939
Sehr geehrter Herr Warmuth!
Nach Durchsicht der Korrespondenzen ist anzunehmen, dass mein Mann noch Konten an folgenden Banken haben könnte ... Ferner gehe ich davon aus, dass auch bei der Gewerkschaft Vereinigte Bergholzhausen in Hannover Wertpapiere zu finden sind. Von größter Bedeutung wäre es, feststellen zu können, wann und durch wen die letzten Abhebungen vorgenommen wurden. Ferner hat mein Mann wahrscheinlich noch Silbergeräte in hohem Wert an die Firma Posen & Posen in Frankfurt verkauft. Ohne die Herausgabe von Rechnungen, Quittungen, Bankbüchern und Ruhegehaltsansprüchen, die sich in den Händen von Fräulein Hanna Wagner, Alzenau, befinden, kann ich in der rechtlichen Regelung meiner Angelegenheiten nicht weiterkommen. Vielleicht ließe sich da noch etwas retten.

Nachdem ich keinerlei Hilfe habe und allein durch die Geheime Staatspolizei in dankenswerter Weise zu meinem und zu meiner Kinder Recht verholfen bekam, bitte ich Sie um gütige Nachforschung in bezeichneter Angelegenheit.

Heil Hitler! Cordula Wagner.

Nachträglich möchte ich noch vermerken, dass ich eine Einlasskarte zur Stahlkammer der Frankfurter Sparkasse vom November 1938 gefunden habe.

SOHN Sie hat ihn verpfiffen! Schamlos! Mir dreht sich der Magen um. Was ist unsere Mutter nur für ein Mensch!

EHEFRAU Leopolds erster Vormund, Dr. Beuer, bemühte sich, über Bayerische Sozialverbände Geld locker zu machen. Aber er war ein Dummkopf und nicht in der Lage, etwas für mich auch nur annähernd Effektives rauszuschlagen. Im August 1939 warf er das Handtuch, und Dr. Sagebiel trat an seine Stelle. Ein feiner Mann! Wir kamen gut miteinander aus. Er riet mir zu Leopolds Entmündigung. Sonst sei alles blockiert. Also gab ich meine Einwilligung, und konnte auch gleich eine Vollmacht an unseren ehemaligen Nachbarn in Aschaffenburg auf den Weg bringen, mittels derer er Leopolds schönen Ford V8 veräußern konnte. Was sollten wir noch mit dem? Und in der Garage wäre er verrostet.

Im September 39 unterbreitete Sagebiel dem Bayerischen Innenministerium den Vorschlag, Leopolds Prozess von 1933 noch einmal unter dem Aspekt aufzurollen, dass es nur auf Grund einer bereits damals latent vorhandenen Geisteskrankheit zur Beleidigung Delobelles gekommen sei. Und da man einen erkrankten Staatsdiener niemals hätte entlassen, sondern ihn allenfalls in den Ruhestand hätte versetzten können, sei – ein Silberstreif am damaligen Horizont – ein Ruhegehalt fällig!

Ein Jahr später, im Oktober 1940 war es so weit, das Landgericht Frankenthal hob das 33er Urteil auf – *infolge krankhafter Störung der Geistestätigkeit sei Besagter unfähig gewesen, das Unerlaubte einzusehen* – und versetzte Dr. Leopold Wagner, rückwirkend vom 1. Januar 1934 an, in den Dauerruhestand. Ende Oktober gingen auf Sagebiels Konto vierzigtausend Reichsmark Pensionsnachzahlung ein, wovon mir monatlich jeweils ein kleiner Betrag überwiesen wurde. Wir, meine Kinder und ich, waren gerettet! Mitten im Zweiten Weltkrieg!

Leider wurde dieser engagierte Mann im März 1941 an die Ostfront bestellt, seine Frau übernahm die Geschäfte, und das Durcheinander ging von vorne los. Nie kam ich zur Ruhe. Im August des selben Jahres wurden weiterer Hausrat und Wertgegenstände Leopolds, die, wie ich erst dann erfuhr, bei einer Mannheimer Paketfahrtgesellschaft lagerten, *durch Feindeinwirkung restlos vernichtet.* Die Versicherungen sperrten sich. Keine zahlte freiwillig. Um alles, was mir zustand, musste ich kämpfen, es mir per Gericht holen.

SOHN Selbst nach Vernichtung der letzten Wertgegenstände unseres Vaters im Krieg versuchte Mutter wieder zu tricksen, Geld rauszuschlagen. Um ihm alles, aber auch wirklich alles aus der Nase zu ziehen fälschte sie sogar Rechnungen!

Hamburg, den 21. 2. 1941

Werter Herr Sagebiel, (...) Was die Möbelfrage betrifft, so schätze ich deren Wert nicht mehr hoch ein, da sie durch zwei Transporte stark gelitten haben, den Winter über mindestens acht Wochen im Möbelwagen ausharrten. Die Möbel sind Eigentum meiner Kinder, sie wurden zwar in Speyer gefertigt, aber mein Vater gab eine Summe Geldes dazu. Eine eventuelle Entschädigungssumme würde ich für ihre Erziehung und Ausbildung verwenden.

Heil Hitler! Cordula Wagner

RECHTSANWALT Ein schwebendes Verfahren von September 1939 bis Oktober 1940? Davon hatte ich bisher keinerlei Kenntnis. Vielleicht war es das, was ihn rettete. Zu der Zeit ging, wie der Arzt erläuterte, der Schnitter um in Lohr, und einen, über den gerade verhandelt wurde, ließ man wohl lieber links liegen. Der war zu heiß, dessen Verschwinden wäre andernorts aufgefallen – auch ohne dass ein einziger Verwandter ihn vermisst, geschweige denn um ihn getrauert hätte. Leopold Wagners Schwester hatte in der Nürnberger NS-Schwesternschaft anderes zu tun und später im Osten erst recht. Dort wird sie ja nicht nur zugeschaut, sondern auch kräftig mitgemischt haben. Warum sonst wäre sie nach Kriegende interniert worden.

Jedenfalls erkundigte sich die NSDAP im April 1942 bei der Anstaltsleitung, ob Dr. Leopold Wagner noch am Leben sei, im November 1944 fragte der Oberbürgermeister von Speyer nach ihm. Der hielt es sogar für möglich, dass er inzwischen entlassen sei und wieder seinen Beruf ausübe. Trotz Überorganisation, perfider Bürokratie und doppelt geführter Listen ging den Verantwortlichen *im Reich* offensichtlich irgendwann doch der Überblick flöten – beinahe tröstlich.

Der Sicherheitsdienst des Reichsführers, SD-Abschnitt Würzburg

LAGEBERICHT *für den 2. 3. 1942*

ALLGEMEINE STIMMUNG: *Im Grossen und Ganzen ist die Stimmung wie bereits eingangs erwähnt z. Zt. nicht sehr zuversichtlich und man sieht den kommenden Tagen und Wochen mit Bangen entgegen.*

GERÜCHTE: *Nachstehendes soll von Personen, die aus Berlin kommen erzählt werden und zwar sollen die Redensarten von Personen aus dem Wirtschaftsministerium stammen. »Es geht alles vorüber es geht alles vorbei, im April fällt der Hitler, im Mai die Partei.« Ferner: In Berlin gäbe es eine Lumpensammlung, gesammelt würden die*

Hitler-Hirngespinste, die Lügengewebe von Goebbels und
zuletzt die Lumpen der Partei.
FESTSETZUNG VON FESTPREISEN für Damenhüte: Wurde
von allen Männern begrüßt. Hoffentlich werden so allmäh-
lich auch für die Damenkonfektion derartige Massnahmen
ergriffen.
H. Müller SS-Hauptsturmführer

SOHN Komplott! Das war ein Komplott! Eine zum Himmel schreiende Hetzjagd von Ehefrau und Vormund. Auch
noch den letzten Taler stahlen sie Vater, dem armen einge-
sperrten Goldesel, unterm Hintern weg. Und verprassten
ihn! Nur, um das Verfahren vorantreiben zu können, er-
gatterte sich Mutter im Herbst 1940 als Begleiterin eines
Kindertransports eine Fahrkarte in den Süden und machte
Zwischenstopp bei Sagebiel. Ihren kranken Ehemann in
Lohr ließ sie links liegen.

Für vierzigtausend Reichsmark wurde Vater der bis
heute, posthum, gültige Stempel *schizophren* aufgedrückt.
Der Betrag jedoch – via heimtückischen Vormund – in Raten an Mutter gezahlt. Er selbst bekam keinen Pfennig von
dem, was eigentlich ihm zustand! Zig Bittbriefe musste er
verfassen, in Hungerstreik treten – mehrere Wochen wurde
er per Sonde ernährt –, bis ihm ab 1951 endlich ein monat-
liches Taschengeld in Höhe von 10 Mark zuging. Wie oft
bat er mich in seinen Briefen um Tabak, weil seine vier
Pfeifen einmal wieder leer und kalt seien. Auch um eine
dringend notwendige Zahnbehandlung musste er lange
kämpfen. Warum sollten ihm – nur weil er seit 1938 im
Narrenhaus saß, wie er mir schrieb – keine Goldkronen
zustehen? Erst die Auszahlung des *Ehrensolds* verbesserte
seine schlimme Lage – für die letzten eineinhalb Jahre.

27. 6. 1959 Lohr am Main
Der Schneider behauptet, er habe die Hose nach meinen
Wünschen gefertigt. Das ist eine freche Lüge. Ich habe zum
wiederholten Male einen eleganten Sportanzug verlangt
und ihm eine Hose als Muster gegeben (Breeches). Der ge-
lieferte Pfusch gleicht einem formlosen Kartoffelsack oder,
wie sich ein Psychiater ausdrückte, einer Unterhose. Ich
habe aber weder einen Kartoffelsack noch eine Unterhose
bestellt. Somit liegt das alleinige Verschulden auf Seiten des
Schneiders. Eine Breecheshose kann man sehr weit ausla-
dend und mäßig ausladend anfertigen, sie bleibt aber im-
mer eine Breecheshose. Ich hatte eine mäßige Ausladung
verlangt. Der Stoff eigne sich nicht, sagte der Schneider,
nachdem er ihn zugeschnitten hatte. Das hätte er mir vor-
her sagen und den Auftrag ablehnen müssen. Er ist eben
einfach unfähig, eine Breecheshose anzufertigen. Zum psy-
chologischen Hintergrund: Sein Zorn schwelt nur, weil ich
den Stoff nicht, wie sonst, von ihm bezog, und ihm dadurch
ein kleiner Profit von ca. 60 DM durch die Binsen ging. Das
hat er mir in kleinlicher Rachsucht vergelten wollen. Wäre
ich nicht für geschäftsunfähig erklärt, würde ich die Schnei-
derrechnung überhaupt nicht bezahlen, verklagte er mich,
eine Gegenklage für den mir zugefügten Schaden in Höhe
von 120 DM einreichen.
Kaspar.

SOHN Schon im Mai 1939, ein knappes halbes Jahr nach
Vaters Einlieferung, bedrängte Mutter den Lohrer Chef-
arzt um eine ehrliche Aussage bezüglich der Heilungs-
chancen ihres Gatten, aber nur, weil sie sein Mikroskop
und anderes Gerät verkaufen, das heißt zu Geld machen
wollte. Im Sommer desselben Jahres bat Vater flehentlich
um seine wertvolle Schmetterlingssammlung. Wie hätte

sie ihn erfreut! Jedoch ließ ihm der Auktionator Monate später über den Vormund ausrichten, dass die Sammlung schon längst nicht mehr in seiner Obhut, sondern seiner Ehefrau in Hamburg ausgehändigt worden sei – wie seine sämtlichen Wertsachen.

TOCHTER Trotz aller Sorgen blühte Mutter in Hamburg auf. Es schien, als falle eine gewaltige Last von ihr ab. Nicht von jetzt auf gleich selbstverständlich. Erst nach und nach. Heute würde man sagen, sie emanzipierte sich. Das bekam selbst Hanna zu spüren, die auch noch von weitem ihre Fühler ausstreckte, mitmischen und alles beherrschen wollte. Selbst noch nach dem Krieg, als sie für ein paar Monate bei uns in Hamburg unterkam – es dauerte ja, ehe sie nach Alzenau zurückkehren und ihr Elternhaus wieder in Besitz nehmen durfte – wollte sie das Regiment führen. Da riss der Graben zwischen den beiden Frauen vollends auf, unüberbrückbar bis heute. Nur an Lorenz hielt Hanna fest, schürte das Feuer, träufelte Gift in seine verunsicherte Seele. Mutter wolle uns und unserem Vater böse, ihn sauge sie aus – sei ein wahrer Teufel. Eine prächtige Saat, die aufging, und bis zum heutigen Tag wuchert.

Als reichten ein kranker Vater, Krieg und Hunger nicht! Wir Kinder bekamen wahrlich genug ab. Hitlerjugend, links rum, rechts rum, Drill, Gebrüll, Sport, Uniformen. Spielzeug basteln für das *Winterhilfswerk*. Bombenalarm. Ab 1943 *Kinderlandverschickung*, rote *Lebenszeichenkarten*. Erntehilfe. Aber: Teppichklopfen war das Schlimmste!

Mutter erzog uns geschlechtsspezifisch. Wir drei Mädchen bewohnten ein Zimmer, verrichteten alle Haus- und Handarbeit, während die beiden Jungs für sich blieben, die Beine baumeln ließen, faulenzten. Vor allem Lorenz. Ich, die Älteste, kochte und buk und gab nebenbei auch noch auf die beiden kleinen Schwestern acht. Zwar handelte es sich um ein großbürgerliches Haus mit Waschküche im Souterrain, Wäschestampfer und Wringmaschine – zeitweilig leisteten sich Mutter und Großmutter sogar Personal –, trotzdem gab es ständig alle Hände voll zu tun. Auf die Weise lernte ich es, einen großen Haushalt zu führen. Und als die Bomben auf Hamburg fielen, mitten in der Nacht aus dem Bett zu springen, mich und meine beiden kleinen Schwestern in Windeseile anzuziehen und mit ihnen die Treppe hinab in den Keller zu rennen. In manchen Nächten gab es bis zu dreimal Alarm, manchmal blieben wir gleich unten, um uns das ständige Rauf und Runter zu ersparen. Noch heute bin ich, wenn mich jemand weckt, und sei es mitten in der Nacht, sofort hellwach – und könnte auf der Stelle losrennen. Sobald die Sirenen Entwarnung gaben griffen Mutter und ich nach Feuerpatsche und Sandeimer, stiegen hinauf aufs Dach und suchten alles sorgfältig nach Funken ab. Oft sah ich es in der Ferne brennen. Welch ein Glück, dass unser Haus – wahrscheinlich weil unser Stadtteil in der Nähe des Flughafens getarnt war – bis zuletzt verschont blieb. Wir hatten doch schon unseren Vater, unsere Wohnung in Speyer und Aschaffenburg und alle Schulkameraden verloren.

Manchmal traf ich Leute auf der Straße, die trugen an der Jacke einen gelben Stern. Die taten mir so leid. Aber was hätte ich, ein kleines Mädchen, für sie tun können? Ich erinnere mich auch noch sehr genau an einen Trupp französischer Kriegsgefangener, der zerlumpt und ausgemergelt durch die Straßen zog. Was für Augen! Einem der Gefangenen steckte ich ein Stück Brot zu, obwohl ich genau wusste, dass es bei Todesstrafe verboten war. Als Kind hat man doch Mitleid.

Nach dem Krieg wohnten Flüchtlinge bei uns, und wir mussten zusammenrücken. Aber selbst das tägliche gemeinsame Ritual des Läusesuchens förderte keinen familiären Zusammenhalt. Wir alle blieben Figuren.

SOHN Den ganzen Krieg hindurch hob Mutter in unserem vergitterten Vorratskeller eine Dauerwurst auf. Die war aber nicht für ihre hungernden Kinder bestimmt, sondern für ihren Mann. Für den Tag seiner Wiederkunft! Auf die Frage jedoch, wann er denn wiederkäme, gab sie keine Antwort. Alles Lüge! Sie hatte nicht das geringste Interesse daran, dass er wiederkam.

Hamburg, den 29. 10. 1940
An die Anstaltsleitung der Heil- und Pflegeanstalt Lohr.
Betrifft: Dr. Leopold Wagner, Anstaltsinsasse.
Die Unterzeichnete, Ehefrau des Dr. Wagner, benötigt die fachärztliche Diagnose für das Leiden des nebenbezeichneten Patienten, die nun, nach einem Zeitraum von fast 2 Jahren, feststehen dürfte. Desgleichen bittet sie den behandelnden Arzt sich darüber zu äußern, ob eine Entlassung ohne Gefährdung der familiären Umgebung gut zu heißen ist, weil die Ehefrau die Aufnahme ihres Mannes in ihrem elterlichen Hausstand in Hamburg wünscht. Für Ihre Bemühungen herzlichst dankend, zeichnet mit Heil Hitler! Cordula Wagner

SOHN Wie ein Tier schlich ich vor dem Keller auf und ab. Mit knurrendem Magen. Denn wenigstens riechen konnte ich sie ja, diese angebliche Willkommenswurst! Ihren betörenden Geruch konnte Mutter mir nicht nehmen! Meine Geschwister schwiegen, kuschten. Besonders Gesche. Und konnte den Hals nicht voll kriegen. Wurde überhaupt sehr verzogen. Manchmal hatte ich das Gefühl, Mutter wolle an ihr irgendetwas wiedergutmachen ... Mich behandelte sie wie einen Stiefsohn. Nur einmal, wenige Tage nach der Währungsreform, kaufte sie mir für vierzig Mark bei Sportlepp in der Eppendorfer Landstraße einen übergroßen dunkelgrün beschichteten Regenmantel. Dessen Lebensdauer war aber nur kurz. Ansonsten war ich, was Bekleidung anbelangt, sehr dürftig ausgestattet und schämte mich vor meinen Klassenkameraden. Als wir im Deutschunterricht Karl Marx' *Das Kommunistische Manifest* durchnahmen, und ich, in der Hoffnung dort etwas für mich Nützliches zu finden, die wenigen noch vorhandenen Bücher meines Vaters durchsah und tatsächlich eine das Thema behandelnde Broschüre fand, entriss Mutter mir diese und warf sie vor meinen Augen ins Feuer.

Sie war überhaupt unberechenbar. Aberwitzige Erziehungsmethoden! In den wirren Jahren der Nachkriegszeit schickte sie uns zur Tanzstunde und hielt uns zu Hausmusik an! Ich sollte Geige spielen. Dieser ganze bürgerliche Schnickschnack. Derweil in den Gängen und im Keller des Hauses Gegenstände verrotteten, für die sie auf dem Schwarzmarkt Berge von Lebensmitteln hätte eintauschen und mit denen sie ihre Kinder hätte aufpäppeln können. Noch im Februar 1948 wurde ich wegen extremer Unterernährung vom Schularzt zwecks Gewichtszunahme nach Sylt verschickt. Bis heute ist mir der Geruch gekochter Steckrüben zuwider.

TOCHTER Alles, aber auch wirklich alles sparte sich Mutter für uns, ihre fünf Kinder, vom Munde ab. Lorenz, die absolute Nummer 1 in unserer Familie, bekam meistens noch eine Extraportion. Aus irgendeinem Sparschwein kratzte sie sogar Schulgeld für ihn und meldete ihn unter dem Namen »von Wagner« im Gymnasium an, in der Hoffnung, dass er dann bessere Chancen hätte. Sie kaufte ihm Hefte und Bleistifte. Wozu? Abitur mit Ach und Krach nach zwei Anläufen und dann als einfacher Postbeamter auf einem Bürostuhl in Altengamme kleben geblieben. Keine einzige Beförderung! Streit mit jedem Vorgesetzten – genau wie unser Vater. Ein Neidhammel! Und undankbar.

SOHN 1953 machte ich Abitur. Zur Abschlussfeier im Landhaus Walter erschien kein einziges Mitglied meiner Familie, den Unkostenbeitrag für mich zahlten meine Klassenkameraden. Ehrlich gesagt bin ich ein wenig stolz, es trotz aller Hindernisse und starker Minderwertigkeitskomplexe so weit gebracht zu haben. Heute bin ich Postamtsrat und als solcher … Ja, ich kann mich überall sehen lassen.

Aschaffenburg, den 9. September 1952
Lieber Lorenz,
diesmal wirst Du bestehen, da bin ich mir ganz sicher. Deine Noten haben sich, wie ich hörte, insgesamt gebessert. Wirklich wichtig ist aber, dass Du noch einige Komplexe überwindest. Bemüh dich mal, ein bisschen aufgeschlossener und vertrauensseliger zu werden und glaube nicht immer nur an Untergang und Verfolgung. Und vor allem, komm nicht immer mit dem Mittelalter, das nur Gefahren in den Mitmenschen sah. Ich wette, dass manches dann viel besser geht.
    Sei herzlich gegrüßt von Deinem alten Lehrer.

SOHN Später spielte Mutter immer die Großzügige. Spendete für Togo oder 1962 Unsummen für die Opfer der Hamburger Sturmflut. Noch heute könnte ich sie dafür –

SCHWIEGERTOCHTER Zu gerne hätte ich Hanna eine ihrer kostbaren Silberdosen abgeschwatzt, aber auf dem Ohr war sie leider taub. Und heute ... Na ja. Sie ist eine alte Frau und ich gelte ihr nichts. Nur meinen Mann trägt sie nach wie vor auf Händen, wie einen eigenen Sohn. Und dabei war ich es, die nach dem Tod meines Schwiegervaters darauf drang, sie für ein paar Wochen zu uns zu holen. Ich ließ sie sogar in unserem Ehebett schlafen, die missgünstige alte Jungfer! In Männersachen völlig unerfahren und ahnungslos. Ihren Verlobten soll sie – als es ihm endlich einmal gelang, das nicht gerade leichte Mädchen zu sich auf den Schoß zu ziehen – aufgefordert haben, sein Schlüsselbund aus der Tasche zu nehmen, das sei ihr zu hart. Wie die wohl mit den Verwundeten in den Lazaretten zurecht gekommen war. Was sie neben ihrem Dienst als Krankenschwester im Osten getrieben haben mag und worüber sie lieber geschwiegen hat, haben wir in ihrer Gegenwart nie aufs Tapet gebracht. Auch nicht ihre diversen Mitgliedschaften in Parteien und Verbänden. Das war und ist tabu! Bis heute. Soll sie selber sehen, wie sie mit ihrem Gewissen klar kommt.

In der Familie Wagner gönnte ja keiner dem anderen auch nur irgendetwas. Da hat Ulrich Weiss ganz recht: Das Wort Großzügigkeit kommt hier nicht vor. Meine Schwiegermutter soll ihrem Mann tatsächlich – wenn überhaupt – nur gekaufte Kekse in die Anstalt geschickt und kein einziges Mal selbst für ihn gebacken haben.

Als drei Tage nach seiner Entlassung Hannas Telegramm mit der Mitteilung seines plötzlichen Todes bei uns eintraf, und mein Mann sich in den nächsten Zug nach Tirol setzte, fiel es mir zu, seiner Mutter die Nachricht zu übermitteln. Delikat! Seit Jahren hatten wir kein Wort miteinander gewechselt. Sie hasste mich – und ich hasste sie.

TOCHTER Typisch Frauenneid! Für Charlotte war Mutter einfach zu hübsch. Wahrscheinlich hätte meine Schwägerin auch gerne mal die Männer verrückt gemacht, wie Cordula Wagner in ihren besten Jahren. Aber leider: potthässlich! Die kann von Glück sagen, dass Lorenz, ihr biederer Postamtsrat sie genommen hat, die Vogelscheuche.

SCHWIEGERTOCHTER Meine Schwiegermutter reagierte sehr sachlich und zivilisiert als ich sie anrief und machte sich anschließend, wie später herauskam, sofort mit ihren beiden jüngsten Töchtern auf den Weg. Nach Aschaffenburg. Zum Vormund ihres Mannes! Schließlich wollte sie als erste kassieren. Zur Beerdigung ihres Mannes zu fahren, wäre ihr nie in den Sinn gekommen.

Main-Echo Alzenau, 5. August 1959.
Plötzlich und unerwartet starb mein lieber Mann, unser lieber Vater und Großvater, mein guter Bruder, Dr. med. Leopold Wagner, Inhaber des Militärsanitätsordens II. Klasse. In tiefer Trauer Cordula Wagner

SCHWIEGERTOCHTER Ich habe unsere Töchter anders erzogen! Bei uns gab und gibt es keinen Streit. Wir wandern viel.

Wandern ist Lorenz' große Leidenschaft. Manchmal denke ich, er holt alles für seinen Vater nach. Tut, was dieser nie tun konnte, sieht, was dieser nie sah – und doch gern gesehen hätte. Die letzte große Wanderung, die er nach seiner Entlassung unternahm, dauerte ja leider nur ... Ja, wie lange eigentlich?

SOHN Der absolute Hammer kam für Vater im August 1946, als ihm aufgetischt wurde, was man ihm bis dahin vorenthalten hatte. Dass er nämlich – für ein läppisches Ruhegehalt von Vierzigtausend und schon 1940 – definitiv für geisteskrank erklärt worden war und somit auch sein »Opferstatus« null und nichtig sei. In zwei, übrigens exzellent formulierten, Briefen an das Bayerische Justizministerium und das Staatsministerium des Innern hatte er zuvor höflich um Aufmerksamkeit in seiner Angelegenheit ersucht und – es werde allmählich Zeit – seine sofortige Wiedereinsetzung als Stadtarzt verlangt. Nach seinem Verständnis waren die während der Nazizeit über ihn gefällten Urteile schon seit Kriegsende hinfällig.

Seine Reaktion auf die Aufklärung war knapp: Er bat lediglich um Zusendung einer Abschrift des Frankenthaler Urteils, unterzeichnete mit *Mündel* – und packte ein. Verkroch sich. Für immer! Von wem hätte er, ein doppeltes Opfer, noch Hilfe erwarten können?

Kein Wunder also, dass er, als ich etwa ein Jahr später plötzlich vor ihm saß, kaum ein Wort mit mir sprach. Es dauerte, bis er Vertrauen zu mir fasste, mir Briefe und Gedichte schrieb, kleine Wünsche äußerste. Die aber in gar keinem Verhältnis zu seinem einzigen großen Wunsch standen: Wieder ein freier Mann und geachteter Arzt zu sein.

Dann kam die Währungsreform. Vaters gesamtes Vermögen von immerhin noch fast fünfundfünfzigtausend Mark, dessen treuhändische Verwaltung dem Vormund oblag, schrumpfte auf knappe sechstausend. Keiner hatte seine Interessen wahrgenommen, sich um seine Belange gekümmert, rechtzeitig Aktien und Wertpapiere in Sachwerte umgewandelt. So wie er es vor dem Krieg in kluger Voraussicht getan hatte. Und als das Wohlfahrtsamt den Vormund irgendwann um Aufklärung über die Vermögensverhältnisse seines Mündels bat, musste dieser kleinlaut eingestehen, auf Grund der Kriegswirren den Überblick verloren zu haben. Dann warf er das Handtuch.

All meine Bemühungen als Alleinerbe hatten nur eins zum Ziel: Vaters Rehabilitation! Und wenn Mutter sich ihre falschen Zähne ausbeißt! Dickkopf bleibt eben Dickkopf!

RECHTSANWALT Im November 1945 hieß es plötzlich, das Ruhegehalt werde storniert, erstens weil Dr. Leopold Wagner kein staatlicher Beamter, sondern lediglich städtischer Beamter gewesen, und zweitens schon geraume Zeit nicht mehr in Hessen-Pfalz wohnhaft sei. Ein herber Schlag.

Vormund und Ehefrau verfielen in hektischen Eifer, den gemeinsam in den Graben gefahrenen Karren wieder flott zu kriegen. Gegenüber der Stadt Speyer argumentierten sie, dass die Stornierung des Ruhegehalts ja nicht allein den Untergang für die Familie bedeute, sondern auch für den Betroffenen selbst eine nicht zumutbare Härte darstelle, wo er doch *zu einem gewissen Teil Opfer des Naziregimes sei.*

SOHN Mutter dachte nur ans Geld. Mit Hilfe des dritten Vormunds Hamann erhob sie sogar noch Klage gegen ihren kranken Ehemann zwecks Aufhebung des gesetzlichen Güterstandes. Mit Erfolg. Das Gericht in Aschaffenburg beschloss, die *ehemännliche Nutznießung des von der Ehefrau eingebrachten Gutes* aufzuheben und die Kosten des Verfahrens dem Beklagten aufzuerlegen. Als ob Vater, eingesperrt in Lohr, je auch nur einen Pfennig, der eigentlich ihr gehörte, hätte ausgeben oder unterschlagen können. Er rüttelte – erneut und vergebens – heftig an seinen Gitterstäben und ersuchte den Vormund, endlich voranzutreiben, was sein schon seit Jahren geäußerter Wunsch war:

Die Scheidung! Außerdem verlangte er die Herausgabe seines Schmucks und mehr Taschengeld. Warum auch nicht? Das alles stand ihm doch zu!

Derweil beantragte Mutter Kindergeld und Geld für die Blindenschule, mit der Begründung, dass ihre jüngste Tochter *erblich belastet* sei. Und dabei hatte meine kleine Schwester Karla lediglich einen leichten Sehfehler.

Und als die Wiedergutmachung aufkam, unternahm sie – um richtig zulangen zu können – gemeinsam mit dem ab 1956 vierten Vormund Vaters den Versuch, das Rad vollends zurückzudrehen. Ganz eindeutig erst durch politischen Druck der Nationalsozialisten, und keineswegs schon vor 1933, sei ihr Mann zu dem Nervenbündel mutiert, das die Braunen 1938 aus dem Aschaffenburger Haus verschleppten, lautete jetzt die Argumentation. Aber sie kam nicht durch! Im Herbst 1957 – zwei Jahre vor Vaters Tod – gab sie auf, obwohl der Antrag auf *Wiedergutmachung wegen während des Nationalsozialismus begangenen Unrechts* im Speyerschen Stadtrat angenommen worden war, und eine Summe von vierundvierzigtausend im Raum stand. Unglaublich! Ehefrau und Vormund zogen die Schwänze ein, weil angeblich die Fristen derweil verstrichen waren und ihnen das Verfahren zu teuer geworden sei.

27. 6. 1957
Betreff: Dr. Wagner, Leopold, geb. 28. 1. 1888
In Beantwortung Ihrer Anfrage teilen wir Ihnen mit, dass Dr. Leopold Wagner an einer paranoiden Form der Schizophrenie leidet. Es handelt sich dabei um ein anlagebedingtes Leiden. Ein ursächlicher Zusammenhang mit äußeren Einflüssen, wie z. B. nationalsozialistische Verfolgung ist auch dann nicht gegeben, wenn ein zeitlicher Zusammenhang besteht. Die Psychose hat sich schleichend

entwickelt (...) Zur Frage der Entstehung wurde in dem
Gutachten von Obermedizinalrat Dr. Stoeckle nicht Stel-
lung genommen, da es sich damals nur um die Frage der
strafrechtlichen Verantwortlichkeit handelte. Dr. Schmidt.

EHEFRAU Unfassbar, was mein Sohn hier behauptet! Ich
schaltete sogar noch einen Fachanwalt ein. Aber auch der
strich die Segel. Das Gericht verlangte zweitausend. Wo,
bitteschön, hätte ich die hernehmen sollen?

SOHN Mutters Geldgier kannte keine Grenzen – um die
Wiederherstellung von Vaters Ehre war es ihr nicht zu tun.
Auch die nach seinem plötzlichen Tod eingehenden Versi-
cherungszahlungen heimste sie schamlos ein! Dabei hatte
sie den Rachen längst voll! 1950 nach dem Tod ihrer Mutter
das Eppendorfer Haus geerbt, ihre Schwester samt Schwager und Nichte Rose ausgetrickst, und alles, aber auch
wirklich alles in den Sand gesetzt.
    Was sie auch anstellte, misslang. Selbst ihr Versuch, in
den Hungerjahren Kleintiere zu halten, ging schief. Aus
Mangel an Zuwendung und zu wenig Futtermitteln veren-
deten Kaninchen wie Hühner. Ein Schaf wurde notdürftig
im hinteren Teil des Gartens verscharrt. Sie hortete Dinge
und verkaufte sie zur falschen Zeit, das heißt, erst dann,
wenn sie nicht mehr gefragt waren. Zum Beispiel einen Sta-
pel von Vaters feinen Hemden. Seine medizinische Fach-
bibliothek wanderte ins Altpapier, seine Geräte auf den
Schrott, zwei mehrarmige elektrische Tischleuchter aus
Silber zerschlug mein Bruder auf ihre Anweisung, weil sie
angeblich keinerlei Wert mehr darstellten. Ständig baute sie
das Haus um, angeblich um Mieter aufnehmen zu können.
Aber der einzige Mieter war der Schuhverkäufer Salomon
– ihr Liebhaber.

Immer wieder machte sie dieselben Fehler, immer dieselbe dämliche Leier. Wie schon in Aschaffenburg. Handwerkerrechnungen stapelten sich, im Garten verrottete ein Berg Kalksandsteine, den sie hatte anliefern lassen, um eine Grenzmauer zum Garten der Nachbarn hochzuziehen, mit denen sie zerstritten war. Ihre Borniertheit und Unwissenheit führten schließlich dazu, dass sie das schöne Haus veräußern musste. Um sie war kein Segen.

Mit einundzwanzig Jahren, wenige Monate nach meinem Abitur – inzwischen hatte ich einen Ausbildungsplatz bei der Post bekommen –, traute ich mich endlich, sie zu stellen, ihr ins Gesicht zu sagen, was einmal gesagt werden musste: Dass sie ihren Mann und uns, ihre Kinder nur betrogen und misshandelt hatte, dass allein sie – und nicht ich, wie sie immer behauptete – der Teufel der Familie Wagner war.

Die Ohrfeige, die ich ihr verpasste, war reine Notwehr. Ich stand unter Stress! Einhundert Mark Miete monatlich wollte sie von mir, absurd, wo ich selbst nur einhundertzwanzig als Unterhaltszuschuss bekam.

Vaters Duell-Pistolen waren das einzige, was ich mitnahm, als ich dem Haus meiner Mutter für immer den Rücken kehrte. Keiner aus meiner Familie hat jemals nach dem wahren Grund gefragt, mir Verständnis entgegengebracht. Ich war der Verstoßene.

TOCHTER Das war Hausfriedensbruch! Der war nicht mehr haltbar. Nichts als Forderungen! Wenn Mutter ihn zur Strafe in sein Zimmer einschloss floh er durchs Fenster. Tausend Mal habe ich ihn ermahnt, Vaters Duell-Pistolen in ihrem Versteck zu belassen. Kinder sollen sich nicht in alles einmischen!

SOHN Hanna war die einzige, die zu mir hielt. Auch, als ich den Prozess gegen Mutter anstrengte, weil sie den Zuschuss für Vaters Beerdigung allein einstrich. Wer heute allen Ernstes behauptet, Mutter habe im Grunde ihres Herzens ihrem Mann und uns wohl gewollt, den erwürge ich mit eigenen Händen.

1957 heiratete ich Charlotte – und keiner aus meiner Familie nahm Notiz davon.

Lohr, Dezember 1948. DAS LEBEN
Mein lieber Sohn,

Hätte ich im Jahre 1928 gewusst, was ich 1933 klar erkannte, dann wären Du und Deine Geschwister ungeboren geblieben. Eine größere Wohltat hätte ich Euch gar nicht erweisen können, das wirst Du noch einsehen lernen. Daraus resultiert, dass das Leben in der heutigen Zeit eine ganz üble Sache ist. Namentlich für einen jungen Menschen ist es gut, wenn er sich von vornherein der in seinem Busen wohnenden Illusionen entäußert und der harten, grausamen Wirklichkeit mit offenem Blick entgegensieht. So bleibt ihm eine Masse an Enttäuschungen erspart, die sonst unabwendbar auf ihn zukommen. Der Löwe und der Tiger haben ihr furchtbares Gebiss nicht bekommen, um damit ethisch-moralische Betrachtungen anzustellen, sondern um das unschuldige Schaf oder Kamel aufzufressen. Sie müssen fressen, wenn sie leben wollen. Der Mensch, das oberste in der Säugetierreihe, ist das grimmigste Raubtier auf Erden. Das beweist die Menschheitsgeschichte, die mit Strömen von Blut, mit schier unvorstellbarer, den Tiger in den Schatten stellender Grausamkeit, mit schamlosester Niedertracht und schuftigster Hinterlist geschrieben ist. Angesichts solcher unwiderlegbaren Tatsachen wäre es ganz verfehlt, sich Illusionen hinzugeben. Leben heißt Kämpfen, Auge um Auge, Zahn um Zahn ist der Grundsatz des Lebens und nicht der »christliche«: Haut Dich der Gegner auf die linke Wange, so halte ihm auch die rechte hin.

Um sich der unendlichen Vielgestaltigkeit des Lebens anzupassen, ist es unbedingt notwendig, fest mit beiden Füßen auf dem Boden zu stehen, Schläge und Erschütterungen auszuhalten und wirksame Gegenwehr zu leisten. Deshalb sind umfassende Kenntnisse erforderlich, Kenntnisse auch auf einem, seinem Tätigkeitsbereich fern liegenden Gebiet. Man braucht nicht unbedingt ein Fachmann zu sein, kann sich jedoch gediegenes Wissen aneignen. Zum Beispiel Sprachen, Wirtschaft, Börse, Politik, usw. Man muss sein wie eine Katze, die, mag sie auch geschleudert werden, es versteht, sich mit den Krallen festzuhalten. Das Wirtschaftsleben ist ein Teil des Lebens. Über die Qualität von Bankdirektoren und Konsorten später. Tvoj otjez

INSASSE *Belehrung, Zerstreuung, Erheiterung.* Ja, wir feierten auch Feste. Wir waren doch keine Kinder von Traurigkeit. Erntedank, Fasching, Tanz. Da ging der Fritzi schon mal mit der Mitzi ... in die Hecke, meine ich. Durch die jahrelange Trennung von Männern und Frauen baute sich ein ungeheurer Stau in Lenden und Köpfen auf, wenn nicht, wie bei Leo und mir, eine andere Peilung vorlag. Wobei sich Leo, breit angelegt, wie er war, bestimmt auch mit einer Frau zufrieden gegeben hätte. Schließlich liefen ja noch andere auf der Welt herum als seine tiefgefrorene Cordula. Selbst die Lohrer Frauen waren nicht ohne!

Nach dem Krieg, als die Amis weg waren, und die meisten unserer Ärzte und Pfleger ihre Plätze wieder eingenommen hatten, wurde renoviert. Als erstes unsere Kirche gereinigt und das schöne Banner »Soli Deo Gloria« aufgehängt, dann auf jeder Station Brausekabinen eingebaut, überhaupt alle sanitären Einrichtungen überholt. Leider musste auch mein geliebtes Linoleum weichen, mit dem alle Flure und Zimmer ausgelegt waren. Seit Eröffnung der Heilanstalt im Jahr 1912 hatte man hier kein Pfennig mehr investiert. Der *Arbeitstherapie*, dem größten Steckenpferd der Ärzte, wurden Unsummen zugeschlagen. Es gab eine Schuhfabrik, wir fertigten Drahtmatratzen, Körbe und Kleiderbügel, sogar eine Kegelbahn bauten wir. Die nutzten dann aber eher die Ärzte.

Etwa eineinhalb Jahre vor Leos Entlassung brach eine neue Ära an. Er behauptete, Russe zu sein, kaufte sich eine Schreibmaschine mit kyrillischen Buchstaben – und bekam Ausgang! Unser neuer Stationsarzt Dr. Schmidt setzte sich für ihn und auch für mich ein. Der Prachtskerl! Er drängte Leos Vormund, seinem Mündel Geld zu überweisen, damit dieser sich endlich neue Kleidungsstücke kaufen könne. Die vor zwanzig Jahren *eingebrachten* Dinge seien aufgebraucht. Und Leo legte los: Hut, Krawatte, Lodenmantel. Selbst seine goldene Uhr wurde ihm ausgehändigt. So konnte er nach langen Wanderungen immer pünktlich wieder zurück in der Anstalt sein. Er lief bis nach Maria Buchen.

Wandern! Das war was! Für die Füße, die jahrelang nur im Quadrat schlurften. Für die Augen. Schweifen lassen, über Wälder und Felder ... Das eine und andere Mal begleitete ich ihn. Seht, wie er sich freut!

Lohr, den 11. 1. 1959
An die Direktion der Heil- und Pflegeanstalt Lohr.
Ich erlaube mir zur Verleihung des großen Verdienstkreuzes der Wunderrepublik vorzuschlagen:

1) Herrn Dr. Martin Schmidt, Stationsarzt in Lohr, Wunderpsychiater, weil er meine von allen früheren Psychiatern

einstimmig etwa zwanzig Jahre diagnostizierte unheilbare
Geistesgestörtheit in knapp drei Monaten heilte.
2) Herrn Rechtsanwalt R. in Aschaffenburg, weil er an
das behauptete Wunder glaubte. Dr. Wagner

INSASSE Wenn Leos inzwischen erwachsene Brut, samt
Bräuten oder Ehemännern bei uns aufkreuzte, wurde ihm
sogar Einkehr in den »Ochsen« erlaubt. Sogar ein Viertele
trinken durfte er! Jawoll! Er meinte dann, vielleicht könne
es ihm da draußen doch noch einmal gefallen ... Obgleich
Russland passé und Truman jetzt an der Macht sei.

Lohr, den 15. Februar 1947
An die Direktion der Heil- und Pflegeanstalt.
Nach nahezu zweijähriger Prüfung des amerikanischen Re-
gimes fasse ich das Ergebnis derselben zusammen in dem
Ruf »Heil Truman!« und beantrage wegen meines amt-
lich festgehaltenen unheilbaren Verfolgungswahns Tötung
durch Euthanasie.
  Gez. Kaspar

INSASSE Es gab auch Konzerte bei uns. 1A! Meistens saß
der Pater am Klavier und Katharina von der Frauenstation
C erhob ihre Stimme. Ein Gesang, wie vom Himmel! Der
rührte selbst die ganz harten Kerle zu Tränen. Außerdem
hatten wir eine Trompete, eine Querflöte und ein Xylo-
phon. Und der gute Heinz fiedelte den Halbtoten auf der
Krankenstation eins zwischen die Kopfkissen. Zu Silvester
wurde der große Saal geschmückt, ein Farbenrausch. An
Weihnachten erinnere ich mich nicht. Vielleicht verdrängt?
  Ansonsten ging's ja eher karg zu. Eher schwarz-weiß.
Die Bettgestelle mit dicken weißen Federbetten eng neben-
einander auf dem blank geputzten Linoleumboden, die

Handtücher schnurgerade am Wandbrett. Im Bunker: Matratze am Boden, Blechdose daneben, in der Tür ein kleines Guckfenster, Deckenleuchte Tag und Nacht in Betrieb. Hier hätte ich gern mal den Stoeckle oder Papst einquartiert. Nicht, um denen gleich das Fell über die abstehenden Ohren ... Nein, das nicht. Nur damit sie einmal spürten, wie es ist, wie man sich fühlt, wenn man da ganz unten ... Leos und mein »Einzelzimmer« war ein Traum.

Heutzutage ist alles anders. Keine Zäune, keine Isolation. Heute lugt unten in dem kleinen Ort Lohr um jede Hausecke einer von uns – und das stört niemand. Alles friedlich. Nur in den Nächten schlurfen sie noch herum, all diese *unwerten Leben*, kleine, bucklige Gestalten und klopfen den Bürgern an die Haustüren, um zu fragen, warum sie damals ... und ob sie tatsächlich nichts –

ARZT Nach dem Ende des Krieges verstrichen noch Jahre bis erstens neue Medikamente zur Behandlung psychisch Kranker auf den Markt kamen – Serpasil, Megaphen, Dominal, Tofranil – und sich zweitens neue Ideen durchsetzten. Ideen für den Umgang mit Menschen, deren Uhren anders ticken. Ziele! Zwar waren die Mörder gehängt, kein Pflegling musste mehr um sein Leben bangen, aber noch lange Zeit wurde – mit Haut und Haar der Hierarchie von Saalpflegern, Oberpfleger, Ärzten ausgeliefert – lediglich *verwahrt*. Das hieß, gefüttert, leidlich sauber gehalten und, wenn nötig, ruhig gestellt.

Zum *therapeutischen Rüstzeug* aller so genannten Heilanstalten gehörten der Insulinschock nach der Methode von Prof. v. Braunmühl und der *Heilkrampf*. Der vom Patienten so gefürchtete Elektroschock. Von den Ärzten aber auch deshalb so gerne angewandt, weil Schizophrene sich in dem Zustand, den er auslöst, zugänglicher und mitteilsamer als sonst zeigen. Entlassung, Rückkehr in die Familie, Wiedereingliederung in die Gesellschaft lag bis Mitte der Fünfziger Jahre noch außerhalb jeden Vorstellungsvermögens.

Heimatrundschau, 20.10.1956
KEINE SCHLANGENGRUBE IN LOHR AM MAIN!
Rechts- und Verfassungsausschuss in der Heil- und Pflegeanstalt

(...) Wie Bezirksrat R. sagte, sei es keineswegs so, dass ein Kranker, der einmal in die Anstalt eingewiesen würde, nun zeitlebens darin bleiben müsse. Das zeige deutlich der sehr lebhafte Durchgang in Lohr (...) Ebenso interessierten sich die Abgeordneten dafür, welche Möglichkeiten bestünden, einem Kranken wieder die Freiheit zu geben. Hierzu sagte Dr. H, die erste bestünde in einer tatsächlichen Besserung. Die von einem Abgeordneten erwähnte Gefahr, dass ein Arzt, der einmal eine Diagnose gestellt habe, nicht so leicht von ihr abweiche, bestünde nicht.

TOCHTER Ein Mensch gilt sowieso nur so viel oder wenig, wie man ihn »dekoriert«. Welchem Abschaum werden heutzutage Glanzlichter aufgesetzt! In Politik und Gesellschaft. Und diese billigen Stars. Mir wird ganz übel.

ARZT Schon auf Grund gravierenden Personalmangels waren individuelle Behandlungsmethoden undenkbar. Noch in den Sechzigern kamen in Lohr auf über eintausend Patienten maximal zehn Ärzte. Psychologen und Neurologen finanzierten ihre Fortbildung selbst, ohne anschließend einen Deut besser dazustehen. Ein echter Opfergang des Personals! Vielleicht ging es einigen – unterbewusst – darum, denen, die überlebt hatten, Gutes zu tun. Wobei mir das Wort *Wiedergutmachung* zu hoch gegriffen scheint. Darüber wurden aber keine Diskussionen geführt und bis zur radikalen Psychiatrie-Reform in den Siebziger Jahren keine Berge versetzt. Da aber war meine Zeit in Lohr ja längst abgelaufen, und Leopold Wagner hatte seinen Löffel abgegeben. Wie gesagt, sein eigenartiger Tod ist mir sehr nah gegangen.

Heil- und Pflegeanstalt Lohr JAHRESBERICHT 1959

BESONDERE VORKOMMNISSE: Am 13.1.1959 wurde ein Patient tot in der Badewanne aufgefunden. Sofortige künstliche Beatmung und anschließende Sauerstoffzufuhr sowie Gaben von ... blieben ohne Erfolg. Eine weibliche Patientin erlitt bei Glatteis einen Knöchelbruch.

ENTWEICHUNGEN: 13 männliche Kranke, 12 davon wurden in die Anstalt zurückgebracht. 1 Kranker wird, da er längere Zeit nicht zu ermitteln war, als entlassen geführt.

ZUGFOLGE für den FASCHINGSUMZUG: 1) Polizei 2) Rittergruppe 3) Musketiere 4) Hofmarschall 5) Chinesengruppe-Männer und Frauen ...

SOHN In Lohr wurde alles unter den Teppich gekehrt, und kein Hahn krähte nach einem Patienten, der einundzwanzig Jahre lang Insasse war. Im Jahresbericht von 1959 ist Vaters Tod in den Tiroler Bergen mit keiner Silbe erwähnt. Vielleicht um einem Skandal zu wehren?

Hamburg, den 1. 8. 1959
An die Direktion der Heil- und Pflegeanstalt Lohr.

Sehr geehrte Herren! Vom Amtsgericht Aschaffenburg erhielt ich heute den Bescheid, dass die Voraussetzungen für die Verwahrung meines Mannes, Herrn Dr. Leopold Wagner, geboren am 28.1.1888, in Ihrer Anstalt nicht mehr vorliegen und er aus der Verwahrung entlassen sei. Ich möchte Sie nun bitten, mir umgehend mitzuteilen, wann mein Mann entlassen wurde und wie die Anschrift seines momentanen Aufenthalts lautet.

Für Ihre freundlichen Bemühungen bestens dankend, zeichne ich hochachtungsvoll Cordula Wagner

EHEFRAU Ich erfuhr es als letzte, dass Leopold entlassen war, so wie ich 1939 als letzte Kenntnis von seiner Einlieferung bekam. Dafür hatte Hanna ihre Nase ja ganz vorn und arrangierte alles nach ihrem Gusto. Leopold war, von Hitler einmal abgesehen, ihr Ein und Alles, ihr Gott! Obwohl auch sie – davon gehe ich aus – Gewalttätigkeit von ihm am eigenen Leibe erduldete. Ich möchte hier nicht auf Details eingehen.

Nur ein einziges Mal, im Mai 1947 stellte sie einen Antrag zur »Heimholung« ihres Bruder. Lediglich ein billiger Trick, um sich in der Zeit der großen Wohnungsnot das *fahrende Volk*, das *Gesindel* – wie sie die Flüchtlinge nannte – vom Hals zu schaffen. Wäre ihr Bruder im Haus gewesen, hätte er das freie Zimmer für sich belegt.

Nach Leopolds Tod ging mir ein Formschreiben des Oberbürgermeisters von Speyer *zum unerwarteten Heimgang* zu, mit der abschließenden Allerweltsfloskel, man werde Dr. Leopold Wagner, Stadtarzt i. R., *immer ein ehrendes Andenken bewahren.*

TOCHTER Was Hanna betrifft, so hätten sich in Alzenau – da bin ich ganz sicher – etliche die Hände gerieben, wenn sie im Osten verschütt gegangen oder, noch besser, wenn sie in Nürnberg gehängt worden wäre. Ihrem Lieblingsort. Wo sie jahrelang dem Gauleiter, Dr. Otto Hellmuth – diesem karrieregeilen ehemaligen Zahnarzt, Widerling, Verbrecher und späteren Ehrenbürger Lohrs – in den Arsch kroch.

Hanna war Mitglied in jeder Partei, jeder Organisation, jedem *Wohlfahrtsverband*, der Frauen damals offenstand, zahlte pünktlich ihre Beiträge, klebte Marken und grüßte als eine der ersten – und letzten – mit dem rechten Arm. 1954 trat sie dem *Verband der Entnazifizierungs-Geschädigten in Bayern* bei. Wozu das wohl gut war? Offenbar konnte sie nicht ohne ein Parteibuch leben. Oder anders gesagt, diese Frau besitzt kein Rückgrat!

In Alzenau ist es kein Geheimnis, dass die braune Schwester auch denunziert hat! Und zwar kräftig. Auch deshalb sollte sie hier nicht die weiße Weste rauskehren!

Für mich war es immer peinlich, wenn man mich auf meine Ähnlichkeit mit ihr ansprach. Was kann ich dafür? Als mein Mann und ich Vater in Lohr besuchten – 1958, gleich nach unserer Hochzeit, ich hatte inzwischen Sekretärin gelernt –, machte er blöde Anspielungen, dass seine Kinder eigentlich gar nicht von ihm stammten, beziehungsweise, dass ich … alles dummes Zeug. Meine Mutter ist und bleibt meine Mutter, auf sie lasse ich nichts kommen, auch wenn sie in den letzten Jahren den Überblick verlor, sich verschuldete und mit ihren jetzt fast achtzig Jahren nicht mehr alles auf die Reihe kriegt.

Nur um zu verhindern, dass sie sich von jungen Männern an der Haustür noch weitere Zeitschriften-Abos aufschwatzen lässt, habe ich vor kurzem ihre *Geschäftspflegschaft* übernommen.

Keines meiner Geschwister ist damals zu meiner Hochzeit gekommen, obwohl wir allen eine Karte geschickt haben. Seitdem sind sie für mich gestorben. Alle! Man muss an sich arbeiten, sich verändern. Sich befreien – von allem.

SOHN Mutter hat einen Schuldenberg aufgehäuft, über zwanzigtausend sollen fehlen! Jedoch ihre beiden Nerzmäntel rückt sie nicht raus und bezahlt Gesche für ihre angeblichen Dienste! Obwohl sie ihr bereits bei der Auflösung des Eppendorfer Hauses sämtliche Bilder, Wäsche und andere aus Vaters Besitz stammende Sachwerte in den Rachen gestopft hat. Wir anderen Geschwister gingen leer aus.

Ich besitze eine Ablichtung der *Pflegschaftsakte*, bin mir aber sicher, dass sie – wie sämtliche Akten Vaters, die mir zur Einsicht vorlagen – nicht vollständig ist. Dass sie gefilzt wurde!

BESTÄTIGUNG Ich bestätige Dir sehr gern, liebe Gesche, dass Du in all den vergangenen Jahren immer für mich da warst – und das noch neben Deiner Berufstätigkeit, Hausfrauen- und Familienpflichten. In Deiner ohnehin knapp bemessenen Freizeit reinigtest Du stets meine große Wohnung (einschl. Gardinenwaschen, Teppichklopfen etc.). Deine Arbeit wurde von mir weder mit Geld- noch mit Sachwerten abgegolten. Du und Deine Familie haben stets ein offenes Ohr für mich. Von Deinen Geschwistern höre ich nur selten. Diese Erklärung gebe ich Dir ohne Zwang. Ich gebe sie Dir gern, denn sie entspricht voll und ganz der Wahrheit.
Hamburg, den 1. Mai 1983.
Deine Mutti, Cordula Wagner.

TOCHTER Mein Mann ging von Anfang an sehr gelassen mit allem um. Er gehört nicht zu denen, die überall nachbohren und Vermutungen aufstellen, so wie Lorenz. Und er ist gottlob auch kein Streithammel. Außerdem waren wir höllisch verliebt als wir Vater in Lohr besuchten und einen feucht-fröhlichen Nachmittag mit ihm in einer Strausse verbrachten. Wir tranken etliche Viertele und fotografierten uns. Der Vormund war anwesend.

Sohn Erst durch Charlotte habe ich gelernt, was Liebe ist. Alles, was in mir verschüttet war, hat sie wieder zum Leben erweckt. Obwohl sie selbst aus wirren Verhältnissen stammt, für die aber der Krieg verantwortlich war und nicht verderbte Charaktere der eigenen Familie.

Einer, der sein Leben lang vom Pech heimgesucht wird, wird mürbe und misstrauisch – wie Vater. Ich kenne das. Ich habe auch solche Tendenzen, denke, dass alle Welt sich gegen mich verschwört, leide an Depressionen. Zum Glück gibt sich das bei mir meistens rasch wieder. Auch dank meiner Frau. Vater fehlte eben die Vertrauensperson. Mutter konnte ihm nicht das Wasser reichen, ihm in keiner Weise genügen. Intellektuell nicht – und in allem anderen auch nicht.

Ihre Kälte und Gefühllosigkeit hat uns alle gezeichnet. Geschleift. Als ich 1943 mit der Kinderlandverschickung nach Böhmen kam, besuchte sie mich kein einziges Mal, obwohl ich vor Heimweh fast einging. Und als ich im Juni 1945 nach neuntägiger abenteuerlicher Reise quer durch das Grenzgebiet der Tschechoslowakei, die amerikanische und die britisch besetzte Zone, zerlumpt und zu Tode erschöpft zu Hause ankam, hieß sie mich nicht willkommen. Das einzige, wonach sie sich sofort erkundigte, war, wo die Bettwäsche abgeblieben sei, die sie mir geschickt hatte.

Eigentlich verlief das Leben völlig falsch! Eigentlich gehörte Mutter – und nicht unser Vater – ins *Narrenhaus*. Niemals hätte man ihr fünf Kinder anvertrauen dürfen, deren Alleinerziehung und Haushaltsführung!

Wenn sie mir nur eines von Vaters medizinischen Fachbüchern oder eines seiner Instrumente überlassen hätte!

128

Zum Glück besitze ich wenigstens seine Duell-Pistolen und die beiden Lohrer Kisten. Eine *Faust*-Ausgabe, etwa fünfzig Russisch-Hefte ...

Aus HEFT I
Wozu denn eigentlich der ganze Stamm-Klamauk? Ich su-
che das Verb »proizvodit« und finde »erzeugen« und fertig
ist die Sache. Ganz richtig, aber wie sieht es aus bei »ob-
lagoobratyvat«? ... Da pfeift der Wind aus einem ganz an-
deren Loch!
  Wenn du russische Zeitungen, russische Schriftsteller und
vor allem russische Dichter lesen und verstehen willst (und
das muß doch sein, wenn du zu einem wirklichen Genuß
der Sprache kommen willst), da kann es dir häufig passie-
ren, dass du trotz anerkannt guten Worten wie ein Ochs
vorm Berg stehst.

III

SOHN Ein Schlusswort, Ende der Redezeit? Es ist aber doch noch längst nicht alles gesagt! Nach wie vor – das spüre ich – bestehen Zweifel an dem was ich vorbrachte. Was hier allgemein erörtert wurde, ist zu fünfundneunzig Prozent falsch, vor allem die Aussagen über Hanna entbehren jeder Grundlage. So manches im Leben lässt sich nur vor dem Hintergrund historischer Tatsachen richtig beurteilen. Hanna war und ist eine unbescholtene Seele, die keinem böse wollte oder gar etwas zuleide tat. Letztlich kann nur ich das beurteilen, denn nur ich kenne sie gut. Zu mir hatte sie Vertrauen. Keine vierundzwanzig Stunden nach Vaters Absturz in den Bergen war ich vor Ort! Ihr Telegramm aus Innsbruck *Sofort kommen, Vater tödlich verunglückt!* erreichte mich am 3. August 1959 nach Dienstschluss.

SCHWIEGERTOCHTER Ich habe es geahnt. Jetzt geht alles wieder los. Hoffentlich kommt Lorenz jetzt nicht noch auf die Briefe zu sprechen, die mein Schwiegervater als junger Mann an eine seiner Freundinnen schrieb. An denen kann nämlich auch ein Laie ablesen, dass schon damals bei ihm, um es mal ganz unverblümt zu sagen, sämtliche Schrauben locker waren. Und dann wäre doch alles umsonst gewesen! Dann könnten wir unser ganzes Leben –

SOHN Meinen Vater zu identifizieren blieb mir zum Glück erspart, Hannas Aussage hatte dem Leichenbeschauer gereicht. Die sechshundertvierzig Mark, die er bei sich trug und seine goldene Uhr hatte man ihm bereits abgenommen.
Zum Andenken fotografierte ich Hanna am folgenden Tag an der Absturzstelle. Auch die defekte Absperrung

kann man auf dem Foto sehr deutlich sehen. Auch deretwegen hätte ich eigentlich Anklage erheben soll, nicht nur wegen des von Mutter komplett eingestrichenen Kostenzuschusses für seine Beisetzung, obwohl Hanna alles bezahlt hatte: Überführung nach Alzenau, Blumengestecke, den Pfarrer aus Offenbach.

TOCHTER Wieso eigentlich Pfarrer? Vater war doch total gegen die Kirche. Auch darüber hat sich seine mit allen Wassern gewaschene Schwester also hinweggesetzt. Heil Hitler und Amen in einem Satz herunterzubeten, war für sie offenbar kein Problem. Übrigens blieb Muter dieser, von ihr und Lorenz gemeinsam inszenierten Beerdigungs-Farce auf meinen Rat fern. Angeblich sollen neun Pfleger aus Lohr angereist sein?

SOHN Wenn es nach Mutter gegangen wäre, wäre Vater in das Familiengrab Rischel in Hamburg-Ohlsdorf gekommen. Aber was sollte Dr. Leopold Wagner, der ehemalige Stadtarzt von Speyer, denn in Ohlsdorf?

Ich war bei ihm, brachte ihn im Leichenwagen zurück in seinen Heimatort Alzenau. Während der Fahrt lief sein ganzes Leben wie ein Film vor meinem inneren Auge ab. Rückwärts. Seine *Verwahrung* war aufgehoben, die Aufhebung seiner *Entmündigung* stand bevor ... Natürlich wäre es eine Katastrophe gewesen, wenn er – plötzlich entlassen – vor wessen Tür auch immer gestanden hätte. Dennoch ...

Nach seiner Beerdigung nahmen Charlotte und ich Hanna für ein paar Wochen bei uns in Neuengamme auf. Sie war völlig am Ende. Noch nie zuvor in meinem Leben habe ich einen Menschen so weinen sehen. So ein Erlebnis verarbeitet man nicht so rasch.

INSASSE Mein Schlusswort?: So ein glückliches Leben! Niemand sonst auf der ganzen Welt hatte es so gut wie wir. Wir überlebten die eigene Vernichtung, den Krieg, wir bewohnten ein Zimmer, hatten es warm, hatten zu essen – nicht viel, aber immerhin –, sammelten Briefmarken, lernten Russisch, lasen Bücher, spielten Schach ... Wir hatten keine Familie, keine Sorgen, keinen Stress. Keinerlei Verantwortung. Und wir hatten uns! Wer sich an die Hölle gewöhnt, kommt in ihr aus, fühlt sich – in einem gewissen Maß – sogar in ihr wohl. Entlassung? Wohin und wozu? Ein schwieriges Kapitel. Leos Gedanken kreisten zwar bis zuletzt darum, doch nach einundzwanzig Jahren da draußen noch einmal Fuß fassen? Welch großer Irrtum, welch ein schöner Traum! Hitler samt seinen Schergen waren tot, Russland Nirvana, der Papst ... Ach Gott! Niemanden hätte Leos Meinung noch interessiert, geschweige denn gestört. Kein Platz mehr für den armen *Kaspar*. Nirgendwo.

Seine Schwester Hanna, das Ungeheuer, handelte schon recht, als sie ihn im Stubaital ... ohne zu wissen, wem eigentlich sie einen Dienst tat.

ARZT Leopold Wagner blieb verschont, warum, können wir nur vermuten. Seine *Geisteskrankheit* brach aus zu einer Zeit, in der ein Geisteskranker an der Macht war, die ganze Welt Kopf stand! Er kämpfte sich in relativ kurzer Zeit aus kleinen Verhältnissen hoch – ein ungeheures Verdienst, zeitlebens aber auch sein Problem. Ihm fehlte die Souveränität der eigentlich Gebildeten. Ständig musste er sich und anderen beweisen, was für ein toller Kerl er war. Der Allergrößte! Der eine fügt sich in die Verhältnisse, den anderen machen sie krank. Der Tonus der Seele, um es mal so auszudrücken, ist das Entscheidende. Wer läuft Amok und warum, und wer zerbricht, woran? So einer wie Leopold Wagner wäre in jedem System angeeckt, draufgegangen, durchgedreht, weil er nicht systemfähig war. Durch und durch quergestreift. Klar?

RECHTSANWALT Ich komme noch einmal auf mein eingangs zitiertes Sprichwort zurück. Der war irgendwie Opfer. Lamm. An dem wurde ein anderes Prinzip offenbart, ein Exempel statuiert. Dass mit einem Menschenleben, einer Biographie etwas ganz anderes gemeint sein kann, als man gemeinhin ahnt. Eine okkulte Spur, eine Aufgabe, ein Prüfungsweg. Wenn man die Fähigkeit besäße, radikal den Standort zu wechseln, würde man das erkennen. Auch, dass alles noch viel schlimmer hätte kommen können. Vielleicht waren einundzwanzig Jahre Heil-Hitler- und Pflegeanstalt Lohr, wie er sie nannte, für ihn – und seine Familie – das kleinere Übel. Und was eigentlich ist Glück? Das Leben hat so viele Gesichter. Die Messlatte ist das Entscheidende, und –

NICHTE Der war abartig und gehörte eingesperrt. Punkt! Selbst für Lorenz und Charlotte scheint das doch längst klar zu sein. Und ich frage mich die ganze Zeit, warum man überhaupt noch so viel Gedöns um ihn macht. Das ist mehr als absurd!

EHEFRAU Nein danke, ich möchte jetzt nichts mehr sagen.

TOCHTER Mein Schlusswort?: Am Ende des Tunnels ist Licht. Es geht voran. Man darf den Kopf nicht hängenlassen und nicht zurücksehen. Ich habe einen Strich unter die Vergangenheit gezogen. Die größte Gnade ist es, wenn man gesund sterben kann.

ENKEL Ich hab echt keinen Bock mehr. Ein Glück, dass meine Mutter nicht so ein Bohai um den Typ macht wie mein Onkel. Das hält man doch im Kopf nicht aus! Das einzige, was mich interessiert hätte, ist dieser Brief, den er meiner Oma zur Verwahrung gab, kurz bevor bei ihm das Licht ausging. Vielleicht hatte er darin, aus welchem Grund auch immer, niedergelegt, dass seine Tochter Gesche – meine Mutter – in Wirklichkeit ein Kind von ihm und Hanna war. Wär' doch ne echt crazy Variante der Wagnerschen Familiensaga. Nicht allein Gefängnis, Irrenhaus, braune Krankenschwester und Krieg, sondern auch noch Inzest! Cool! Aber ausgerechnet den Brief schmeißt meine Oma weg – angeblich! Scheiß auf alle Zettel, Rechnungen und Gutachten von vor fast fünfzig Jahren, die interessieren heute doch keine Sau mehr. In Mutters Fotokiste habe ich eine Aufnahme gefunden, auf der stehen Hanna und mein Opa neben einem Kinderwagen – wie ein Ehepaar. Und wenn hier irgendjemand Interesse an meiner Meinung hätte, würde ich ihm ins Gesicht sagen: Hanna war's, die ihn an die Gestapo verpfiffen hat, damit er ihr nicht nach Russland entwischte.

AUS DER LOHRER KRANKENAKTE:
Man soll mich nackt ins Ausland lassen. Ich werde Hitler nach fünf Jahren eine Ansichtskarte von meinem Haus schicken. Kaspar

SOHN Eine allerletzte Bemerkung sei noch gestattet: Charlotte und ich lassen jetzt auf Vaters Grab einen neuen Stein aufrichten, und zwar mit der Inschrift, die er bereits 1936 – als er noch ein freier Mann war – in seinem Testament verfügt hat: *Leopold Wagner, 1888 – 1936, Veritati!* Wobei das Todesjahr selbstverständlich korrigiert wird. Egal, was das kostet und unabhängig davon, ob die Petitionen durchgehen. Es ist höchste Zeit! Alles verzögerte sich eigentlich auch nur deshalb, weil ich mir Klarheit darüber verschaffen musste, was *Veritati* eigentlich heißt, und dass es sich dabei nicht um eine Unanständigkeit handelt, wie sie Vater ja gelegentlich gerne im Munde führte. *Auf die Wahrheit!* Und um die ging es doch! Auch –

SCHWESTER Schluss jetzt, Lorenz, es ist alles gesagt!

Was sehr unklug war und auf jeden Fall hätte verhindert werden sollen, ist, dass Ulrich Weiss hier zu Wort kam. Dazu hätte man vorher meine Meinung einholen sollen. Schließlich kenne ich ihn. Ein zwar durchaus patenter Mensch, der mir bei meinen Besuchen in Lohr untertänig die Türen aufhielt und mich in jedem von Leopolds Briefen grüssen ließ. Aber Irre sind abträglich, schaffen Chaos, verzerren die Wirklichkeit und stellen alles auf den Kopf. Da hatte Adolf Hitler schon Recht, dass er die … Genug!

Für mich gibt es hier nichts weiter zu sagen, und ich möchte – und das ist mein eigentliches Schlusswort – jetzt nie mehr etwas dazu sagen müssen. Erinnerungen belasten zu sehr, meine Kräfte sind begrenzt, ich bin eine alte Frau, mein neunzigster Geburtstag steht bevor. Ich bitte um Nachsicht.

Eines möchte ich allerdings noch hinzufügen: Ich habe mein Leben lang nur Gutes getan. Ich war Krankenschwester und habe zwei Weltkriege mitgemacht. Das kann sich heute niemand mehr vorstellen, was das heißt. Das prägt! Ich hatte wenig vom Leben, meine Verlobung wurde gelöst, zu Beginn des Jahres 1942 erlitt ich einen Nervenzusammenbruch, den ich nur Dank der Solidarität innerhalb der NS-Schwesternschaft überwand. Ich war eine Dienende. Und gläubig. Im Gegensatz zu meinem Bruder Leopold.

Daran ist nichts schönzureden. Wozu also Petitionen? Er erntet, was er gesät hatte – auch im Stubaital. Ich werde aufrecht vor unseren Herrn treten. Ich habe ein reines Gewissen.